CLV

Fletch Brown

Ausbruch aus Tondo

clv

Christliche
Literatur-Verbreitung e.V.
Postfach 11 01 35 · 33661 Bielefeld

1. Auflage 1991
2. Auflage 1994

Originaltitel: Street Boy

Illustrationen: Traudel Gomer
Übersetzung: Renate Mauerhofer
Umschlag: Dieter Otten, Bergneustadt
Druck und Bindung: Elsnerdruck, Berlin

ISBN 3-89397-161-0

Inhalt

1 Tondo 9

2 Der Fremde 21

3 Der Hafen 31

4 Die Trennung 47

5 Camp Ilaw 57

6 Heuchelei 75

7 Spielregeln 87

8 Überwältigt 99

9 Die Probe 109

10 Der Entschluß 117

Vorwort

Dieses Buch führt uns auf die Philippinen, eine Inselgruppe im Malaiischen Archipel mit einer Größe von 300 000 km^2. Die Philippinen bestehen aus über 7 100 Inseln, die in drei geographische Großräume eingeteilt sind. (Vielleicht hast du inzwischen schon deinen Atlas geholt, um dir ein Bild von unserer Beschreibung machen zu können?)

Die Philippinen wurden im Jahre 1521 von dem Portugiesen Magellan entdeckt, für Spanien in Besitz genommen und 1543 nach Philipp II. benannt. Seit 1877 fanden heftige Freiheitskämpfe statt. Die Philippinen kamen dann unter die amerikanische Schutzherrschaft und wurden 1946 unabhängig.

Die offizielle Landessprache ist Pilipino und besteht hauptsächlich aus Tagalog mit einem guten Zusatz an Englisch und einzelnen Wörtern aus anderen philippinischen Sprachen.

Seit 1976 ist Metropolitan Manila die Hauptstadt des Landes. Sie zählt rund 7 Millionen Einwohner und liegt an der Westküste der Insel Luzon. Metropolitan Manila setzt sich zusammen aus der früheren Hauptstadt Quezon City und dem 1571 von den Spaniern gegründeten Manila.

Jaime Jorka (das Anfangs-J wird wie das *ch* in *doch* ausgesprochen) lebt in Tondo, einem Elendsviertel Manilas.

1. Tondo

Es war nichts zu machen. Die alte Columna stand einfach zu nahe am Obststand. Der Fleischer drückte wie immer seinen dicken Bauch an seine Kasse. In dieser Haltung schnitt und wog er sogar das Fleisch. Jaime Jorka beobachtete und wartete mit der Geduld eines erfahrenen Jägers. Er wußte, daß früher oder später jemand nachlässig werden und die Gelegenheit zu stehlen für ihn schon noch kommen würde. Der Quinta-Markt in Quiapo, einem Stadtteil Manilas, war riesig, aber Jaime fühlte sich hier zu Hause.

Die Markthalle, die wie ein großer Schuppen aussah, befand sich am Ufer des Pasig, fast unmittelbar unter der Quezon-Boulevard-Brücke, mitten im Herzen der Stadt. Selbständige Händler boten hier an einer Unzahl von Ständen den wimmelnden Menschenmassen der Stadt Brot, Fisch, Obst, Fleischwaren, Kopra*, Stoffe, Gemüse, Töpferwaren und vieles mehr feil. Jeder Platz war ausgefüllt. Es herrschte ein ohrenbetäubender Lärm. Alle schienen sich die Kehle aus dem Hals schreien zu wollen: Händler, die ihre Ware anpriesen, Kunden, die um die Preise feilschten, fliegende Händler, die ihre Süßwaren verkaufen wollten, Freunde, die einander begrüßten. Jetzt hing eine brütende Hitze über dem Markt, und in der Halle stank es durchdringend nach Fisch, Pferden und Abfall.

So lange er denken konnte, hatte Jaime die Händler bestohlen. Heute schien er Glück zu haben. Das hatte er auch nötig. Gestern hatten er und Rio Rodriquez den Frisco-Markt in San Francisco del Monte durchkämmt — es war ein

* Zerkleinerte und getrocknete Kokoskerne. Die Philippinen liefern rund 45% der Welterzeugung an Kopra.

totaler Fehlschlag gewesen. Er hatte sich vor Scham nicht nach Hause gewagt. Mutter hätte ihn ja doch bloß angeschrien und die kleine Schwester ihn gehänselt. Er hätte sie geschlagen, und dann wäre Mutter noch aufgebrachter geworden. Jaime hatte es vorgezogen, die Nacht unter Zeitungspapier zu verbringen in der großen Holzkiste, die Rio sein »Zuhause« nannte.

»Rio! Der Lange da, beim Schuhputzer. Du rempelst ihn an, und ich reiß' mir sein Portemonnaie unter den Nagel. Los!«

Der großgewachsene, dunkelhaarige Mann hatte sich gerade die Schuhe putzen lassen und wollte den Schuhputzer bezahlen. Es war ein ungleiches Spiel, denn die beiden Jungen besaßen eine Gewandtheit, die sie durch jahrelange Übung erworben hatten. Der Mann hatte keine Chance. Rio rempelte ihn an und schimpfte. Jaime riß ihm das Portemonnaie aus der Hand, und im Nu waren die beiden in der Menge verschwunden. Jaime hatte sekundenlang in die Augen des Mannes geblickt, dann war er fort gewesen. Sie kümmerten sich nicht um die heruntergefallenen Münzen. Sie würden sicher nicht lange liegenbleiben. Jetzt galt es, sich so schnell wie möglich aus dem Staub zu machen.

Ein paar Ecken weiter verlangsamte Jaime sein Tempo und schaute sich nach Rio um. Es war keine Spur von ihm zu sehen. Schnell ließ Jaime ein paar Münzen aus dem Portemonnaie in seiner Hosentasche verschwinden. Er hielt das Portemonnaie fest umschlossen und besah sich gleichgültig die Lederverzierung auf der Außenseite, als Rio ihn einholte.

»Wieviel?« fragte Rio sofort.

»Weiß nicht«, antwortete Jaime. »Komm, wir gehen zurück zur Kiste, dort werden wir nachsehen.« Er gab sich den Anschein vor Rio, als hätte er das Portemonnaie noch nicht geöffnet. *Rio ist ein Dummkopf,* stellte Jaime fest. *Man kann*

ihm anscheinend jeden Bären aufbinden. Doch das ist die Sorte Freunde, die man sich in diesem Geschäft leisten kann. Sind sie zu schlau, wird man selbst übers Ohr gehauen.

»He! Wo ist denn dein Namensschild?«

Jaime griff sich an den Hals. Er hatte seinen Namen in ein kleines Holzstückchen geritzt und es mit einer Schnur um den Hals gehängt. Jetzt war der Anhänger verschwunden. Er blieb stehen und drehte sich mit einem Ruck in Richtung Markthalle um. Einen Augenblick blieb er unentschlossen stehen, dann entspannte er sich. Er zuckte die Achseln, drehte sich um und ging mit Rio weiter.

»So blöd bin ich nicht, daß ich jetzt zurückginge und danach suchte. Wenn ich einen neuen Anhänger will, kann ich mir jederzeit einen schnitzen. Bah!« Und damit war der Fall erledigt.

Rios Kiste stand am Rande von Tondo, einem großen Elendsviertel Manilas. Rio hatte keine Familie und kein Zuhause. Die große Lattenkiste war sein ganzer Besitz. Sie stand in der Nähe der Geschäfts- und Lagerhäuser, wo es sich gut stehlen ließ, und der Restaurants, deren Mülltonnen er durchstöbern konnte.

Als sie bei der Kiste angelangt waren, vergewisserten sie sich, daß sie von niemand beobachtet wurden. Dann öffneten sie das Portemonnaie.

»Dreihundert Pesos, Mann!« zählte Jaime. »Wir teilen sie halbe-halbe, in Ordnung?«

»Einverstanden.«

»Hier ist deine Hälfte, einhundertfünfundzwanzig Pesos. Ich mach' dir einen Vorschlag: ich gebe dir fünf Pesos dazu und behalte dafür das Portemonnaie.«

»Moment mal!« Rio zog die Brauen hoch. »Wieso bist du auf einmal so großzügig, hm? Wieso die fünf extra? Willst du mich etwa reinlegen?«

»Nein, Rio, ich hab' dich gern, das ist alles. Außerdem denke ich, daß du das Portemonnaie nicht willst, deshalb bekommst du die fünf Pesos, okay?« *Du Blödian,* dachte Jaime, *ich prelle dich um zwanzig und du zankst um fünf!*

»Na schön. Jetzt muß ich mir was zu essen besorgen.«

»Okay. Ich werde wohl nach Hause gehen. Bis morgen!«

Auf dem Heimweg untersuchte Jaime das Portemonnaie genauer. Auf der einen Seite war es eigenartig verziert. Es sollte wohl ein Fisch sein, mit einigen fremdartigen Buchstaben auf dem Bauch. Zuerst kam ein großes I, dann ein X, dann ein O mit einem Strich durch die Mitte, danach ein Y und schließlich ein Buchstabe, der wie ein umgekipptes M aussah. Irgendwie kam ihm das Zeichen bekannt vor. Jaime war sich sicher, daß er es schon einmal gesehen hatte. Ihm fiel aber nicht ein, wo es gewesen war.

Er drang tiefer und tiefer in die Slums von Tondo ein, in Richtung des im Westen liegenden Hafenviertels, wo sein Vater manchmal arbeitete. Einige der Hütten, an denen er vorbeiging, sahen direkt stabil aus. Sie bestanden aus einem

Holzgerüst, und glattgeklopfte Benzinkanister dienten als Dach und Wände. Andere hatten sogar Wellblechdächer, aber manche bestanden lediglich aus Pappwänden mit Segeltuchdächern. Babys, die nur mit einem kurzen Hemdchen bekleidet waren, krabbelten im Staub und Dreck herum. Schwärme von Kindern tollten kreischend und spielend auf den Straßen. Frauen standen mit glanzlosen Augen in den Eingängen und starrten dumpf ins Leere. Die Trostlosigkeit ihrer Armut hatte tiefe Spuren in ihren Gesichtern hinterlassen. Jaime war mit dem Gestank, den der Schmutz, der Unrat und die offenen Toiletten verbreiteten, schon zu lange vertraut, um ihn überhaupt noch wahrzunehmen. Außerdem hatte er wichtigere Dinge im Kopf. Er stellte eine umsichtige Berechnung an.

Seine »Tageseinnahme« betrug insgesamt 182 Pesos. Wenn er das ganze Geld der Mutter gab, würde sein Vater so lange auf sie einprügeln, bis sie alles herausgeben würde. Dann würde Vater alles vertrinken. Schlimmer noch: Mutter würde denken, er hätte mehr als 182 Pesos und ihn deshalb mit viel Geschrei auffordern, den Rest herauszurücken. *Am besten liefere ich ihr ungefähr fünfzig ab,* dachte Jaime, *und wenn sie dann nach dem Rest verlangt, werde ich ihr vielleicht weitere zwanzig geben und den Rest verstecken. Wenn Vater ihr das Geld gewaltsam abknöpft, kann ich ihr immer noch fünfzig Pesos geben, und sie kann davon Essen kaufen, wenn Vater blau ist. Wenn nicht, werde ich ihr das Geld morgen oder übermorgen geben. Dann habe ich vielleicht etwas Ruhe.*

Vielleicht werde ich eines Tages ein reicher Mann und Anführer einer großen Bande sein. Wir werden das Hafenviertel und andere Gegenden plündern und Geld wie Heu machen. Dann werde ich endlich meinen Frieden haben. Ich werde mir ein paar Autos und Mädchen kaufen und Vater ins aufge-

dunsene Gesicht schlagen und Mutter ein paar schöne Kleider kaufen und ihr eine Ohrfeige geben, wenn sie mich anschreit, und Schwester Marie einen Fußtritt verabreichen und Herminias Ohr umdrehen, bis sie mich anfleht . . .

»Jaime, du stinkfauler Taugenichts! Wo hast du dich so lange herumgetrieben?« Mutters schrille, kreischende Stimme unterbrach seinen Gedankengang. Er war zu Hause.

Die Baracke der Familie Jorka war ein klein wenig ansehnlicher als die meisten in der Nachbarschaft. Obwohl es in jeder Hinsicht immer noch als ein recht primitiver Schuppen bezeichnet werden konnte, bestand ihr Heim aus Holz und Blech, ohne Kartonwände. Hier hatte Jaime gelebt, so lange er denken konnte. Seine am weitesten zurückreichende Erinnerung bestand darin, daß er Vater half, Bretter und Blechteile nach Hause zu schleppen, um ihre Hütte zu vergrößern und kaputte Stellen auszubessern. Jaime war ganz stolz auf ihr einziges Glasfenster. Das war ein seltener Luxus in Tondo. Er erinnerte sich daran, wie er es von einem umgestürzten Transportwagen gestohlen hatte. Er war den ganzen Weg damit nach Hause gerannt, vor Angst, jemand würde ihn einholen und zwingen, das Fenster zurückzubringen. Keiner war zu Hause gewesen, als er dort eintraf. Er hatte das Fenster in die Pappwand, die sie damals noch hatten, mittels einiger Kartons eingebaut. Vater war zu betrunken gewesen, um es überhaupt zu bemerken, und alles, was Mutter gesagt hatte, war: »Du hättest es verkaufen und viel Geld dafür bekommen können!« Aber sie ließen es dort, wo es war.

Stück für Stück hatte Jaime dann die Wand mit Holzbrettern und Blechteilen aufgebaut, bis sich das Fenster nicht mehr herausnehmen ließ, ohne daß man die ganze Wand hätte einreißen müssen. Er hatte sich einen kleinen Anbau an der Rückseite ihrer Baracke errichtet, kaum anders als eine Hundehütte, in die er kriechen und allein mit seinen Gedanken und Träumen sein konnte. Jaime Jorka besaß geschickte Hände und einen hellen Verstand. Und er hatte das brennende Verlangen tief in seinem Innern, aus diesen Slums herauszukommen.

Mutter schrie immer noch auf ihn ein. Mit der einen Hand hielt sie das Baby Florita auf der Hüfte, mit der anderen wollte sie ihn packen. Sie griff aber nur in die Luft.

»Wenn du kein Geld mitgebracht hast, schlag' ich dir die Zähne aus!«

»Ja doch, Mama, ja doch. Ich habe Geld dabei. Warum wäre ich sonst heimgekommen? Um mit meiner süßen kleinen Schwester Herminia zu spielen? Schau her! Ich habe fünfundfünfzig Pesos für dich.«

»Ich mache jede Wette, daß du mehr hast! Her damit!«

»Mama! Würde ich dich jemals betrügen?«

»Und ob du das würdest!« Sie ergriff ihn mit ihrer freien Hand und schüttelte ihn. »Los jetzt, sag' ich. Rück den Rest raus!«

»Schon gut, schon gut. Hör auf, mich so zu schütteln. Hier ist der Rest.« Er gab ihr dreiundzwanzig weitere Pesos. »Ich kann dich nicht hinters Licht führen, stimmt's, Mama? Du bist einfach zu schlau!«

»Hier, paß auf Florita auf. Ich muß schnell weg und Essen kaufen, bevor euer Vater nach Hause kommt.« Sie drückte ihm seine kleine Schwester in die Arme und eilte die Straße hinunter zur Markthalle, von der Jaime gerade zurückgekehrt war.

Ich Blödian! Ich Dummkopf! schimpfte Jaime innerlich. *Ein größerer Esel als Rio bin ich.* »Ich hoffe, du wirst nicht mal genauso dumm«, meinte er an den Säugling gewandt. »Aber vermutlich wirst du vorher durch einen Rattenbiß sterben und gar nicht viel älter werden. Vielleicht ist es auch besser so.«

Er betrat die Hütte und legte das Baby in das Bettchen, das er gebastelt hatte. Sie hatten einmal ein richtiges Kinderbett besessen, aber Vater hatte es verpfändet. So hatte Jaime ein neues angefertigt aus Brettern, die er sich im Hafen beschafft hatte. Er bückte sich und kroch in seinen kleinen Anbau. Als er sich vergewissert hatte, daß ihn keiner beobachtete, öffnete er sein Geheimversteck, verstaute dort das Portemonnaie mit dem Geld und holte sich eine Zeitschrift heraus.

Er machte es sich auf der Matratze bequem, die er aus Papierschnitzeln hergestellt hatte, und schlug die Zeitschrift auf. Er war dankbar, daß er lesen konnte. Die Schule hatte ihm Spaß gemacht. Das war noch zu der Zeit gewesen, bevor Vater anfing, so viel zu trinken und Jaime für den Lebensunterhalt der Familie zu sorgen hatte. Aber er konnte gut lesen und rechnen; zwei Fähigkeiten, die unbedingt nötig waren, um aus den Slums herauszukommen, das wußte er. Er las, was er nur irgend in die Finger bekommen konnte. Mit seinem scharfen Verstand verarbeitete er alles und speicherte es in seinem guten Gedächtnis.

Er blätterte in der Zeitschrift und — halt! Da war es ja wieder! Das Symbol, das wie ein Fisch aussah, mit den eigenartigen Buchstaben auf dem Bauch. Er besah sich die Anzeige genauer. Da stand: »Jesus Christus, Gottes Sohn, Erlöser. Das ist die Bedeutung dieser griechischen Buchstaben, eine Sprache, die man auf der anderen Seite der Erde spricht. Aber Jesus ist nicht so weit weg wie die andere Seite der Erde. Er ist Ihnen so nah wie ein Gebet. Jesus liebt Sie und will Ihnen helfen. Möchten Sie wissen, wie? Schreiben Sie an . . .«

Ha! Wenn Jesus mir helfen will, dann soll er mir Geld schicken. Das ist die einzige Art Hilfe, die ich gebrauchen kann: Geld. Geld. Es ist das einzige, was mich jemals aus dieser Hütte herausbringen kann, heraus aus dieser Umgebung, heraus aus diesem Leben! Ihr könnt reden, soviel ihr wollt, aber Geld ist und bleibt das einzige Mittel, das einen zu etwas bringen kann.

»Jaime! Ich habe mitgekriegt, daß Mama dir sagte, auf Florita aufzupassen. Dann tu es auch!« Maries Gekreisch ertönte aus der Baracke. *So'n Pech, du faules Ding,* dachte er. *Du bist für Florita verantwortlich, wenn Mama nicht zu Hause ist. Ich werde dafür sorgen, daß du dich nicht davor drückst; ganz gleich, was Mama gesagt haben soll.*

»Hast du gehört? Du sollst dich um sie kümmern, oder ich werde es Mama sagen!« Ihre Stimme wurde um ein paar Grade schriller. Jaime verstaute seine Zeitschrift, stürmte hinaus aus seinem Anbau und hinein in die Baracke, um nachzusehen, was los war. Das Baby war bekleidet wie alle Babys in Tondo: nur mit einem kurzen Hemdchen, das nicht einmal das bloße Gesäß bedeckte. Jetzt mußte man letzteres putzen, und Marie hatte wohl keine Lust dazu.

»Ach ja, Mariechen, meine große Schwester. Es tut mir ja so leid, daß deine Hände lahm sind. Es ist zu dumm, daß du zu nichts zu gebrauchen bist!«

»Faules Schwein, bah!«

»Faules Schwein? Wieviel Geld hast du denn heute nach Hause gebracht?« Jaime wußte, daß diese Frage sie rasend machen würde. Es war eine recht offensichtliche Beleidigung.

»Affe! Schwein! Hund! Schweiiin!«

»Oh! Entschuldige. Es liegt am Kopf, nicht an den Händen! Du kreischst genau wie Mama.«

»Blöder Jaime! Blöder Jaime!« hänselte ihn seine kleine Schwester Herminia, als sie hereinkam. Jaime wollte nach ihr treten, besann sich aber rechtzeitig. Davon würde Marie der Mutter ganz bestimmt erzählen.

Kein Wunder, daß Vater trinkt, dachte er. *All der Krach und das Geschrei müssen einen ja zwangsläufig dazu bringen, daß man . . . Nein! Ich will nicht so denken! Und wenn auch! Ich will niemals so werden wie Vater. Das ist doch idiotisch. Und ich bin kein Idiot! Nein, nein, nein, ich bin nicht blöd! Ich bin schlau und werde es schaffen, hier herauszukommen.*

Er kochte innerlich vor ohnmächtiger Wut und Enttäuschung. Sein Magen verkrampfte sich, und über seine Augen legte sich ein Schleier. *Dieses Stinkloch, diese ständig kreischenden Weiber . . .*

»Paßt auf sie auf! Ich gehe weg!« schrie er seine beiden Schwestern an und knallte beim Hinausgehen die Tür zu. In blinder Wut stolperte er durch die Straßen. Er sah und hörte nichts. Heiße Zornestränen stiegen ihm in die Augen, er knirschte mit den Zähnen. *Ich werde es ihnen schon noch zei-*

gen, dachte er. *Ich werde es ihnen zeigen! Ich werde es schaffen. Ich werde aus diesem Dreck herauskommen. Eines Tages werden sie mich »Mister Jorka« nennen. Ich werde Autos haben und Geld und ...* Sein Zorn ebbte durch die süßen Zukunftsträume langsam ab, bis nur noch ein dumpfer Schmerz tief in seinem Innern übrigblieb. *Dieser Schmerz soll bleiben,* dachte er. *Gib ihn nicht her! Er darf nicht verschwinden. Wenn das passiert, wird es mit dir genauso enden wie mit Vater: ein Trinker, der mit einem nichtsnutzigen Weib und einer Horde Kinder in einer Gerümpelbude hockt.* Nein, so wollte er nicht leben. Jaime Jorka war aus besserem Holz geschnitzt. Er würde es schaffen. Und dazu hatte er von niemand Hilfe nötig!

Plötzlich dachte er an die Anzeige über Jesus. Er mußte laut auflachen. *Ha! Würde etwa Jesus mir helfen? Geld vom Himmel regnen lassen? Einen nagelneuen Wagen vor meine Tür fahren? Das sollte mir mal passieren!* Jaime warf den Kopf zurück und lachte und lachte.

»Hallo!« Eine Stimme brachte ihn zurück in die Gegenwart. Jaime mußte zu seinem Entsetzen feststellen, daß er geradewegs in die Augen des Mannes blickte, den er vorhin bestohlen hatte.

2. Der Fremde

In Jaime begannen alle Glocken Sturm zu läuten. Er war wieder voll da.

»Du hast so sehr gelacht, daß du mich fast angerempelt hättest! Du mußt sehr glücklich sein.«

Jaimes ruhiges Äußeres täuschte über seine innere Spannung hinweg. Sprungbereit wie eine Katze auf der Lauer, zwang er sich doch, ruhig zu bleiben. Eine falsche Bewegung, und es wäre um ihn geschehen.

»Ich dachte an etwas sehr Lustiges, Mister Amerika.«

»Ist meine Aussprache so schlecht?« lachte der Mann. »Ich bin jetzt schon über zwei Jahre hier und dachte eigentlich, mein Tagalog* sei recht annehmbar.«

Wieso packt er mich nicht? dachte Jaime. Er achtete darauf, daß er sich nicht in Reichweite des Mannes befand und hielt sich einen Fluchtweg offen.

»Sie sprechen besser Tagalog als manche, die schon zehn Jahre hier sind.«

»Du drückst dich ja wie ein feiner Herr aus. Ganz anders als die meisten Straßenjungen.«

Jaime lachte. »Danke für das Kompliment.« *Paß auf, mein Junge,* sagte er sich. *Hier hast du es mit einem von der ganz schlauen Sorte zu tun.* »Ich muß jetzt gehen, bitte entschuldigen Sie mich. Na'nay und Ta'tay werden mich bald erwarten.« Jaime fragte sich, ob der Mann wohl die Wörter verstand.

»Ja. Du mußt deinen Eltern gehorchen«, antwortete der Mann. »Darf ich dich begleiten? Ich habe nicht oft die Gelegenheit, mit einem Straßenjungen zu reden, der so intelligent

* Siehe Vorwort.

ist wie du. Die meisten benehmen sich ziemlich frech. Ich heiße Art. Art Randal — und du?« Der Mann steckte seine Hände in die Taschen — eine Bewegung, die Jaime nicht entging. Auf diese Weise konnte ihn der Amerikaner kaum blitzartig beim Kragen packen.

»Wenn Sie es wissen wollen — ich heiße Jaime«, er schlug den Weg nach Hause ein.

Art Randal hielt sich an seiner Seite. »Worüber hast du denn so gelacht?«

Was will der eigentlich? Jaime wußte nicht, woran er bei dem Fremden war. Er war sich jetzt sicher, daß dieser Mann ihn nicht wiedererkannt hatte, aber wenn nicht, wieso wollte er dann mit ihm gehen? Was wollte er bloß? Er war irgendwie anders. Vielleicht zahlte es sich aus, mit ihm zu reden. Wenn er auch kein Geld mehr aus dem Amerikaner herausholen konnte, so konnte er immerhin etwas von ihm lernen.

»Ich habe über eine Anzeige gelacht, die ich in einer Zeitschrift sah.« *Erfinde nicht mehr Lügen als unbedingt notwendig.*

»Was stand denn da?«

»Da stand doch tatsächlich, daß Jesus mir helfen wolle. Ha! Wie sollte er mir denn helfen können? Ich sehe ihn in der Kirche, wie er am Kreuz hängt. Er ist tot. Er kann mir nicht helfen.«

Art wäre beinahe gestolpert. Er sah Jaime erstaunt an.

»Wie sollte er mir denn helfen können?« forderte ihn Jaime heraus.

»Auf ganz unterschiedliche Art und Weise«, antwortete Art ruhig.

»Was? Was meinen Sie damit?« Jaimes Augen funkelten. »Wird er mir Geld beschaffen? Das ist das einzige, was man braucht, um hier herauszukommen.« Dabei deutete er mit einer Armbewegung auf die sie umgebenden Slums. »Geld, viel Geld. Schauen Sie mich an! Wie sollte ich zu Geld gelangen, es sei denn, ich st . . .« *Paß auf, was du sagst, Idiot!* dachte er. »Also, wie sollte ich wohl an Geld herankommen?«

»Du möchtest unheimlich gern hier herauskommen, was?«

»Ja! Und das wird auch eines Tages geschehen!«

»Jaime, ich hätte dir ein Angebot zu machen — aber nein, du würdest es ja doch nicht annehmen.«

»Was meinen Sie?«

»Du würdest mir nicht glauben.«

»Lassen Sie es doch auf einen Versuch ankommen!«

»Wie fändest du es, wenn du eine ganze Woche lang von hier fortkommen könntest? Völlig kostenlos? In Bataan ist ein Jungenlager, in das wir dich gern schicken möchten. Du bekommst so viel zu essen, wie du magst, drei Mahlzeiten pro Tag. Wir werden viel Sport treiben, schwimmen, werken, und du erfährst, wie Jesus dir helfen kann.«

»Sie haben recht. Ich glaube Ihnen nicht.«

»Es ist aber wahr!«

»Was soll das bedeuten? Eine Falle? Klar, Sie füttern mich, stecken mich in ein gutes Bett. Und wenn ich am nächsten Morgen aufwache — ha! — dann bin ich beim Militär gelandet! Nein danke! Ich möchte hier weg, aber ich werde das auf meine Weise schaffen. Sie können mir mit Ihrer Militär-Falle gestohlen bleiben.«

»Nein, nein, Jaime. Es gibt jemand, der es genauso gern sähe wie du, daß du von hier wegkommst. Er liebt dich und möchte dir helfen.«

»Sie meinen Jesus? Ha!«

»Ich weiß, daß du mir nicht glaubst. Aber ich mache dir einen Vorschlag: Du weißt doch, wo die Bonifacio-Schule ist, nicht wahr? Okay. Morgen, am Spätnachmittag, gehst du dorthin und hältst nach einem Bus der Pantrando-Gesellschaft Ausschau. Er bringt eine Gruppe Jungen aus einem Lager zurück. Du kannst auf sie warten und sie dann ausquetschen. Paß auf, was sie dir sagen werden, okay?«

»Ich weiß nicht recht.« Jaime war auf einmal sehr nachdenklich.

»Ich werde auch dort sein, falls du irgendwelche Fragen haben solltest. Bis morgen dann, Jaime!« Art ging fort. Er drehte sich noch einmal um und winkte kurz. Jaime stand da und beobachtete ihn, bis er außer Sicht war.

Dann machte er sich langsam auf den Heimweg. Art war in der Tat anders. *Ich glaube, er sagt die Wahrheit,* überlegte Jaime. *Aber was steckt dahinter? Mir ist das nicht ganz geheuer. Kein Mensch tut so etwas, ohne was von einem zu wollen. Es ist einfach verrückt. Niemand ist jemals so zu mir gewesen. Morgen werde ich rüber zur Schule gehen und die Sache genauer untersuchen. Irgendein Haken wird schon dabeisein.*

Er blieb vor der Hütte stehen. Seine Mutter war zurückgekehrt und kochte Gemüsereis. Er wollte warten. Zuerst sollten die andern essen. Er würde dann nehmen, was übrigblieb. Er konnte sich ja immer noch etwas zusammenstehlen, wenn ihm das nicht reichte.

***

Art hatte recht. Am nächsten Tag kletterte eine große Schar Jungen aus dem Bus — der glücklichste, vergnügteste Haufen von Straßenjungen, den Jaime je gesehen hatte. Als der Bus einfuhr, sangen sie ein Lied, das er noch nie gehört hatte. Sie lachten und riefen in bester Stimmung wild durcheinander. Jeder Junge trug etwas mit sich. Sie hatten Papierdrachen, Schnitzereien, Zeichnungen, und alle brachten einen kleinen Stoffsack mit. Jaime suchte nach einem bekannten Gesicht. Schließlich erblickte er eins: Ernesto, die »Kleine Maus«, wie sie ihn nicht zu Unrecht nannten.

»Hallo, Ernesto. Woher kommst du denn mit dem Bus, hm?«

»Hallo, Jaime. Willst du auch ins Lager fahren? Es wird dir bestimmt gefallen.«

»Weiß nicht. Was für ein Lager soll das denn sein?«

»Es ist ein Superlager.«

»Ich meine, behandeln sie einen dort gut? Keine Falle wie das Militär oder der Knast zum Beispiel?«

»Nein, nein! Daran ist nichts faul! Du solltest wirklich gehen, Jaime, wirklich!«

»Warum?«

»Weil sie dir alles mögliche geben. Futter, soviel du in dich hineinstopfen kannst. Und Kleidung, Bücher, viel Spaß und Drachen . . .«

Er lachte und zeigte ihm all die Dinge, die er mitbrachte. Dann sah er Jaime direkt in die Augen: »Sie geben dir Leben!«

»Ah so? Danke.« Jaime wandte sich zum Gehen. Irgendwie fühlte er sich durch die letzte Bemerkung peinlich berührt. *Ernesto hat sich verändert,* dachte er, *er ist nicht mehr die »Kleine Maus«. Er hat jetzt etwas an sich, etwas — ja, so wie Art! Aber das ist ja verrückt! Art ist doch ein . . .*

»Hallo, Jaime! Fang auf!« Er drehte sich gerade noch rechtzeitig um, um eine Orange auffangen zu können, die Art ihm zuwarf. »Ich habe dich also doch nicht belogen, oder?« Art lachte, als Jaime ein Stück der Orangenschale abbiß und den Saft auszusaugen begann.

»Stimmt. Ernesto sagte, daß sie ihm alles Erdenkliche geschenkt hätten. Er sagte, sie hätten ihm *Leben* gegeben Was hat er damit gemeint?«

Art grinste von einem Ohr zum andern. »Wieso kommst du nicht auch mit ins Lager und findest die Antwort selbst heraus?« meinte er ruhig. Er sah Jaime direkt in die Augen, so wie Ernesto es getan hatte. »Ich habe jetzt zu tun. Bis später.«

Wieder stand Jaime da und beobachtete, wie Art seinen Blicken entschwand.

***

Obwohl er dringend Lebensmittel und Kleidung brauchte, hatte sich Rio einen Basketball erstanden von dem Geld, das sie Art gestohlen hatten. Jaime hatte ein paar Bretter organisiert und einen Faßreifen und diese Korbanlage dann ziemlich behelfsmäßig an einen Laternenpfahl genagelt. Ihr Spielfeld, das zwischen zwei Baracken lag, war höchstens drei Meter breit und ungefähr vier Meter fünfzig lang bis zum Straßenrand. Der Laternenpfahl befand sich am Rande einer Böschung, die zu einem der kleinen Bäche Tondos führte, die eigentlich nichts anderes waren als offene Abwasserkanäle. Wenn der Ball dann mal das kleine Zielbrett verfehlte, landete er in dieser Stinkbrühe. Rio liebte seinen Ball. Jedesmal, wenn er in der Jauche landete, beschimpfte Rio zuerst den unglücklichen Werfer, fischte dann den Ball aus der Jauche und rieb ihn sorgfältig an seinem Hemd ab. Nach kurzer Zeit stank Rio schlimmer als der Bach.

»He! Du stinkst wie ein faules Ei!« neckte ihn Jaime, wenn ein Wurf bei Rio danebenging.

»Der Ball ist ein faules Ei, wenn er nicht in den Korb fällt«, beschwerte sich ein anderer Junge.

»Ich werde jetzt das stinkende Hemd ausziehen«, entschloß sich Rio schließlich wie immer.

Meist spielten sie so, daß jeder mal an die Reihe kam. Derjenige, der den Ball auffing, mußte bis zur Straße zurückdribbeln, dann ins Feld kommen und in den Korb werfen. Sie notierten Punkte, außer wenn sie sich in Mannschaften einteilten. Und dabei gab es dann mehr Geschrei und Diskussionen über die Punktwertung als alles andere.

Bald wies dann Rios Hemd mehr schmutzige Stellen auf als saubere, und der Ball wurde zu schlüpfrig, um ihn richtig halten zu können. Dann legten sie gewöhnlich eine Pause ein, gingen zwei Straßenecken weiter zu einem Wasserhahn, der die Bewohner mit Trinkwasser versorgte, wuschen den Ball, ihre Hände und Rios Hemd und nahmen das Spiel wieder auf.

Jaime war kleiner als die meisten Jungen seines Alters, aber er machte dies mehr als wett durch seine Gewandtheit und eine erstaunliche Energie, die er an den Tag legte. Er mußte immer zeigen, daß er der Beste war. In allem, was er anpackte, wollte er die anderen überragen. Wenn er sich nicht durch etwas hervortun konnte, ließ er sich erst gar nicht auf die Sache ein. Diese Energie steckte irgendwo tief in ihm drinnen. Er überlegte nie, woher er sie eigentlich hatte, aber er wußte, daß sie allein ihm dazu verhelfen würde, aus Tondo herauszukommen. Deshalb sorgte er dafür, daß sie nicht erlahmte.

Eines Tages, als sie wohl das dritte Mal den Weg zum Wasserhahn zurückgelegt hatten, trennte sich Jaime von ihnen und steuerte auf den Quinta-Markt zu.

»Ich bin einfach zu hungrig. Ich werde mich mal auf den Weg machen und sehen, ob ich mir was zwischen die Zähne schieben kann.«

»Ach so. Na, dann geh! Paß aber auf, daß du das Futter nicht findest, bevor es jemand verliert!«

»Ha. Das sollte wohl ein Witz sein, was? Wenn ich was Gutes finde, werde ich es euch mitbringen.«

»Jetzt machst du aber Witze!«

Sein Hunger war aber nur eine Ausrede. Wie alle Straßenjungen, so bekam auch Jaime nie genug zu essen. Der Hunger war nichts Fremdes für ihn. Es waren schon einige Tage vergangen, seit er das letzte Mal mit Art geredet hatte, und er hoffte, ihn auf dem Markt anzutreffen. Er hatte Glück.

»Fang!« Art Randals originelle Begrüßung — und die Orange — »trafen« ihn gerade außerhalb der Markthalle. Jaime versuchte, die Freude zu verbergen, die er empfand, als er seinen seltsamen neuen Freund traf. Aber er hatte über verschiedene Dinge nachgedacht und wollte mit Art darüber sprechen. Bald lehnten sie, in ein Gespräch vertieft, an der Wand der Markthalle.

»Wenn ich Sie frage, warum Sie mir eine Orange schenken, antworten Sie: ›Weil ich dich liebe.‹ Aber das stimmt einfach nicht. Sie wollen etwas von mir. Sogar Sie, Mister Amerika, Sie wollen etwas von mir.« Durch das harte Leben war Jaime mißtrauisch geworden.

»Ja, ich will etwas. Ich möchte ein besseres Leben für dich. Ich möchte erleben, daß du hier herauskommst.«

»Aber warum denn? Warum? Es ist einfach nicht normal!«

»Jaime, die Antwort ist einfach: Christus sagte: ›Ihr sollt einander genauso lieben, wie ich euch geliebt habe.‹ Er ist mein Herr, mein Chef. Ich muß tun, was er sagt. Deshalb liebe ich dich und all die anderen Straßenjungen, die ich erreichen kann.«

»Oh, Sie lieben mich also gar nicht deshalb, weil ich solch ein netter Kerl bin!«

»Ich war damals auch kein netter Kerl, als ich erfuhr, daß Jesus mich liebt. Warum sollte ich von dir erwarten, daß du einer bist?«

»Was wollen Sie damit sagen? Schauen Sie sich doch mal an! Gute Kleidung, blanke Schuhe, Sie sehen aus, wie es sich für einen feinen Herrn gehört.«

»Das war nicht immer so, Jaime. Dort, wo ich aufgewachsen bin, in den Appalachen*, ist es nicht so schlimm wie in Tondo, das muß ich zugeben, aber wir lebten auch in ziemlicher Trostlosigkeit. Diese Gegend ist ein ganz armes, ländliches Gebiet. Ich bin die meiste Zeit meiner Kindheit barfuß gelaufen. Mein Vater setzte mich vor die Tür, als ich sechzehn Jahre alt war. Er meinte, ich sei alt genug, selbst für mich zu sorgen. Jaime, wenn da nicht gute Christen gewesen wären, die mich, wie Jesus es geboten hat, geliebt und ermutigt und mir geholfen hätten — ich weiß nicht, wo ich gelandet wäre. Deshalb möchte ich dir helfen, um ihnen ihre Liebe sozusagen zurückzuzahlen.«

»Sie sagen verrückte Dinge.« Jaime lachte. Dann zog er die Brauen zusammen: »Vielleicht gibt es da draußen in Ihrer Welt so etwas wie Liebe. In den Zeitschriften und in den Kinofilmen reden sie von Liebe. Aber ich sage Ihnen«, er spuckte jedes einzelne Wort wie bittere Medizin aus, »hier in der rauhen Wirklichkeit, Liebe! Ha! Da muß ich dich zuerst übers Ohr hauen, bevor du es mit mir versuchst. Ich muß kämpfen und hassen. Das ist das einzige, was mich hier herausbringen wird. Wie gefällt Ihnen das, Missionar?«

»Jaime, mir gefällt das ganz und gar nicht. Deshalb biete ich dir ja die Zeit in dem Lager an. Ich möchte, daß du mehr von dieser Liebe erfährst, von der ich rede. Sie ist da. Du spürst sie bloß nicht. Aber sie ist da.«

»Ha, daß ich nicht lache!«

»Du hast mir gesagt, daß deine Familie fürchterlich ist. Dein Vater ist ein Trinker. Deine Mutter keift dich die ganze Zeit an, und deine Schwestern hänseln dich. Allesamt sind sie Schwachköpfe, stimmt's? Okay — warum gehst du dann aber überhaupt noch nach Hause? Warum bringst du ihnen eigentlich Geld?«

* Nordamerikanisches Gebirge.

»Weil . . .« Jaime sah zu Boden. Er suchte nach Worten. *Wie kann ich das jetzt bloß erklären? Was soll ich sagen,* dachte er.

»Weil — sie eben meine Leute sind. Ich kann sie doch nicht einfach im Stich lassen, wo mein Vater . . .«

»Du willst damit sagen, daß du deine Familie liebst.«

»Nein! Liebe ist etwas für Weichlinge, ist Gefühlsduselei . . . nichts Handfestes. Da ist kein Saft drin. Das, was ich meine, ist anders . . .«

»Du meinst vielleicht ›Pflichtbewußtsein‹ oder ›Verantwortungsgefühl‹?«

»Genau. Ich bin für sie verantwortlich. Aber Liebe — ha!«

»Weißt du, was wir Christen unter ›Liebe‹ verstehen, hat auch nicht viel mit Gefühlen zu tun. Es geht vielmehr um die Willensentscheidung, dem andern nur das Beste zu wünschen und ihm Gutes zu tun. Okay, ich werde mich davor hüten, es ›Liebe‹ zu nennen. Ich möchte dich nicht verwirren.«

Jaime sah Art dunkel an. *Du hast mich schon genug durcheinandergebracht,* dachte er. *Diese blöde Familie. Was empfinde ich eigentlich tatsächlich für sie? Wieso mache ich mir überhaupt etwas aus ihr? Auf jeden Fall ist es keine Liebe.* Schließlich meinte er laut: »Ich glaube, ich werde jetzt heimgehen, Mister Randal. Ich möchte heute nicht mehr reden.«

»Klar, Jaime. Hier, nimm den Rest der Orangen mit. In dem Beutel liegt auch ein Zettel, der dich über das Lager informiert. Bis demnächst einmal!«

»Ja, danke. He, falls ich in das Lager fahren sollte — könnte ich auch meinen Freund Rio mitbringen?«

»Na klar. Nimm dich aber in acht, Jaime. Paß auf, daß du Rio keine Liebe zeigst!«

Jaime wurde wütend: »Halt die Klappe!« stieß er zwischen den Zähnen hervor. Er ließ Art stehen und rannte so schnell ihn die Beine trugen davon.

3. Der Hafen

»Was meinst du dazu, Rio? Das Lager, von dem Art spricht, scheint nicht schlecht zu sein — mit all dem Essen und dem andern Zeug, das wir dort bekommen werden. Und alles ist kostenlos!«

Jaime und Rio saßen an der Straßenkante des Sande-Boulevards nördlich des Stadtteils San Nicolas. Hier standen Geschäftshäuser und kleinere Fabriken. Sie waren durch die Innenstadt von San Nicolas geschlendert, wo große Büroblocks und Warenhäuser standen. Es machte Spaß, die Auslagen der Schaufenster zu betrachten und sich unter die gutgekleideten Menschen zu mischen. Jedoch war der Abstecher nicht sehr einträglich gewesen. Sie wollten in einem Laden etwas mitgehen lassen, aber ein Blick auf ihr Äußeres genügte dem Aufseher, um sie kurzerhand hinauszuwerfen, bevor sie überhaupt den ersten Warenstand erreichen konnten.

Der Mann vom Zeitschriftengeschäft ließ sie ungefähr zehn Minuten lang lesen, aber als er merkte, daß sie nichts kaufen wollten, warf er sie auch hinaus. Unzählige Gelegenheiten luden zum Stehlen ein, aber ebensoviele Ladenwächter hinderten sie daran. Sie entschlossen sich deshalb, zum nördlichen Teil der Stadt zu gehen. Dies war keine reiche Gegend, doch für ihr Vorhaben weniger gefährlich.

Der Straßenverkehr bestand hier aus Handwagen, Mopeds, Autos, leichten Lastwagen und dem überall auftauchenden Jeepney. Nach dem Zweiten Weltkrieg hatte die US-Armee in Asien ihre ausgedienten Geländewagen zurückgelassen. Diese sogenannten Willys-Jeeps waren zu einer Art Minibus umgebaut worden. Wenn nicht die Form ihres Verdecks sie verraten haben würde, hätte keiner auf ihre Abstammung schließen können. Die Karosserie war vergrö-

16
5628
GIOVANNI
DAA-697

ßert worden, man hatte Sitze hinzugefügt, und jeder Jeepney war mit den wildesten Motiven in den buntesten Farben bemalt. Jeder Besitzer verwandte viel Zeit und Mühe auf die Pflege seines geliebten Fahrzeugs. Er schmückte es mit verschiedenen farbenfrohen und ausgefallenen Dingen, in der Hoffnung, sein Jeepney sei der glänzendste, lustigste und bunteste Jeepney in ganz Manila. Die Filipinos liebten bunte Farben und ausgelassene Fiestas*. Aber nirgendwo drückte sich diese Vorliebe anschaulicher aus als bei den Jeepneys. Diese rollenden Fiestas waren ein wichtiger Bestandteil der öffentlichen Verkehrsmittel der Stadt. Ständig fuhren Hunderte von Jeepneys in alle Richtungen. Jeder Fahrer wählte die Strecke, die ihm am einträglichsten erschien.

»Was ich von dem Lager halte? Wenn du's wissen willst: Ich meine, es ist eine Falle. Du vergißt, daß wir den Typ ausgeraubt haben. Der einzige Grund, warum er uns in dieses Lager bringen will ist, uns in den Knast oder ins Militär zu stecken. Genau! In die Armee.« Für Rio war der Fall klar.

»Nein, ich glaube das nicht. Ich denke, er sagt die Wahrheit.«

»Warum sollte er?«

»Weil er ein religiöser Typ ist. Alle, die von Jesus reden, tun solche verrückten Dinge. Schau dir doch den Zettel an, den er mir gab. Dort steht: ›Eine Aktion des Internationalen Missionsdienstes‹. Diese frommen Leute lügen nicht. Sie geben uns all das Zeug, weil sie — weil — ich weiß nicht, wieso. Aber sie kommen immer auf solche Ideen.«

»Ja doch, Jaime, selbstverständlich«, spottete Rio. »Erinnerst du dich noch daran, wie wir zu der Kirche gingen, die mit öffentlicher Essensausgabe warb? Sie warfen uns hochkantig hinaus.«

* Bunte, südländische Feste — Spanisch für Fest.

»Ja, aber nur aus dem Grund, weil wir das Kreuz des Paters klauen wollten. Jetzt haben wir natürlich mehr Verstand. Sie wollen uns beschenken. Warum sollten wir es nicht annehmen?« Jaime warf Rio einen kritischen Blick zu. *Warum kümmere ich mich eigentlich um ihn?* dachte er. *Es ist keine Liebe, das steht fest. Nicht diesen Blödmann. Ich glaube, ich will einfach jemand um mich haben, den ich kenne. Ich sollte ohne ihn fahren. Dann würde ich alles bekommen, was ich will, und nicht soviel Ärger haben.*

Plötzlich kam ihm etwas ins Blickfeld.

»He! Sieh dir mal den Jeepney an!« Er zeigte auf die Fahrbahn. »Du tust so, als hätte er dich angefahren, und ich hole mir den Beutel. Los, komm schon!«

Der bunt bemalte Jeepney bahnte sich mühsam einen Weg die Straße herauf. Er war mit Fahrgästen überladen. Eine Frau, die auf dem Vordersitz saß, hatte einen Beutel locker im Arm hängen. Rio sollte zum vorderen Kotflügel rennen, laut draufschlagen und so tun, als sei er angefahren worden. Der Fahrer würde denken, er hätte einen Unfall gebaut und bremsen. Dann wollte Jaime sich den Beutel der Frau schnappen, und beide würden schnell türmen. Mit diesem Trick ließ sich fast jedesmal erfolgreich arbeiten.

Rio rannte los — mit Jaime auf den Fersen. Der Fahrer sah sie kommen, hupte und drohte mit der Faust. Rio schlug an den Kotflügel. Der Fahrer schrie ihn an, dachte aber gar nicht daran, sein Tempo zu verlangsamen. Jaime griff nach dem Beutel, doch dieser kam zu schnell. Der Beutel flog ihm recht heftig an den Kopf, platzte und verbreitete seinen gesamten Inhalt über die Straße.

Die Frau kreischte, der Fahrer schimpfte, Rio fluchte, und Jaime saß ganz benommen da und stöhnte. Er wälzte sich herum und landete mitten in zerbrochenen und ausgelaufenen Eiern. Beim Aufstehen rutschte er über einen nicht mehr ganz frischen Fisch, schnappte sich noch schnell ein paar Mangos* und machte sich davon.

In einer Seitengasse ein paar Straßenecken weiter aßen sie niedergeschlagen die Mangos und überlegten, wie sie es besser hätten anstellen sollen. Schließlich brach Rio das Schweigen.

»Mein Freund, du klebst von oben bis unten voll Ei und stinkst wie ein fauler Fisch. Ich glaube, die Frau hatte einen Abfallbeutel im Arm.«

»Na, auf jeden Fall konnte man das Zeug so nennen, nachdem wir es zwischen den Fingern hatten!« Jaime mußte nun doch ein wenig lachen. »Hier haben wir nicht nur *einen* Schnitzer gemacht, hm? Komm, wir gehen rüber zum Hafen. Dort kann ich eine Runde schwimmen, und vielleicht können wir etwas mitgehen lassen.«

Das Hafenviertel lag in der Nähe. Sie trafen dort auf andere Jungen, die bei einem alten Dock schwammen. Das Dock war halb verfallen und schon seit Jahren stillgelegt.

»He, schau mal! Man kann heute sogar das Wasser sehen!« witzelte Rio. »Heute schwimmt kaum Abfall drin!«

»Tatsächlich! Man kann hineinspringen, ohne Angst haben zu müssen, daß man sich verletzt. Aus welcher Höhe werdet ihr springen?« forderte einer der Jungen sie heraus.

Es waren noch die meisten Pfähle des Docks vorhanden. Die Querbalken eigneten sich vortrefflich als Sprungbretter; die höchsten waren die morschen Planken, die früher das Deck gebildet hatten. Man konnte sie durch vorsichtiges Klettern erreichen. Jaimes Blick wanderte von den Jungen zu den Planken.

»Ich weiß nicht«, sagte er.

* Wohlschmeckende Frucht des tropischen Mangobaums, aus deren Samen Öl gewonnen wird.

Aber er wußte es genau. Die Herausforderung der Jungen und das bloße Vorhandensein der Planken dort oben machten ihm die Entscheidung einfach. Er wußte, er würde von der höchsten Stelle springen. Eigentlich war ihm bei dem Gedanken nicht ganz wohl, aber es blieb ihm keine andere Wahl. »Laßt mich erst mal eine Runde schwimmen, dann versuche ich mein Glück.«

Er rannte die Böschung hinunter und sprang so, wie er war, ins Wasser. Er trug ohnehin nur ein T-Shirt und Shorts, und beides hatte eine Wäsche dringend nötig.

Sie spritzten und planschten eine ganze Weile im Wasser. Alle Jungen waren gute Schwimmer. Doch bald begannen sie mit der stummen Herausforderung, höher und höher von den Pfählen ins Wasser zu springen. Jeder stieß einen wilden Kriegsschrei aus, wenn er sprang, um die Aufmerksamkeit der anderen auf die Höhe seines Sprungbrettes zu lenken. Schließlich waren nur noch die Deckplanken übrig.

»Hiii!« Rio war der erste, der sprang.

»Huuu!« Einer der anderen Jungen wagte es auch. Ein dritter bekam es mit der Angst zu tun.

Jaime kletterte langsam die Pfähle zu den Planken hinauf. Er konnte jetzt nur noch auf eine Art zeigen, daß er der Beste war. Er mußte einen Kopfsprung wagen. Sein Magen verkrampfte sich, als er tief unter sich das Wasser schimmern sah. Die anderen beobachteten ihn schweigend.

Ich muß es tun. Ich bin besser als sie. Ich bin der Beste! Ich bin mutiger und besser. Durch diese selbstherrlichen Gedanken wollte er sich Mut machen. Dann holte er tief Luft und stürzte sich kopfüber ins Wasser. Die Angst lag ihm wie ein Stein im Magen, und sein Schrei klang eher wie ein Grunzen. Sein Kopf stieß hart durch die Wasseroberfläche, so daß er die Sterne tanzen sah. Seine Beine schnellten hintenüber und klatschten aufs Wasser. Ein heißer Schmerz durchfuhr ihn.

Tiefer und tiefer tauchte er, bis seine Hände in den schlickigen Boden eindrangen. Er geriet fast in Panik bei dem Gedanken, er könne sich irgendwo festhaken und kraulte so schnell es ging an die Wasseroberfläche. Es schien eine Ewigkeit zu vergehen, bis er sie erreichte. Beinahe hätte ihn die Atemnot überwältigt — da durchbrach er die Wasseroberfläche und rang japsend nach Luft.

Ich hab's geschafft! Ich hab's geschafft! triumphierte er innerlich. Er war froh, daß das Wasser seine Tränen des Schmerzes und der Erregung verwischte. Die anderen schauten ihn mit großen Augen bewundernd an. Keiner wagte es, seine Heldentat nachzuahmen. Einmütig kletterten alle aus dem Wasser und setzten sich zum Trocknen ans Ufer.

»Tat das nicht weh?« fragte der Jüngste von ihnen, der vorhin den Sprung nicht gewagt hatte.

»Ach, schon ein bißchen«, gab Jaime zu, um zu zeigen, wie gut er Schmerzen ertragen konnte. »Vor allem oben am Schädel.«

»Einmalig war das!« bemerkte der Junge. Jaime sonnte sich in ihrer Bewunderung. Es war also doch nicht umsonst gewesen.

Nachdem sie wieder trocken waren, richtete sich ihre Aufmerksamkeit auf den Hafen mit den großen Stapeln und Ballen an Frachtgut. Die langen Lagerhäuser waren voll davon. Sie suchten nach einer Lücke im Maschendrahtzaun. Zweimal warnte sie der Aufseher und scheuchte sie mit lautem Geschrei weg. Gleich darauf beobachtete Jaime, wie der Fahrer eines Gabelstaplers absichtlich eine Kiste rammte und sie dadurch aufbrach. Als die Hafenarbeiter die Kiste leerten, drehte ihnen der Aufseher in stillem Einvernehmen den Rükken zu.

Das ist es! dachte Jaime. *Ich kann hier im Hafen eine große Bande anführen. Ich werde Lastwagen und Gabelstapler und*

Fahrer unter mir haben. Sie können für mich stehlen und die Wagen beladen und die Wachtposten bestechen . . . Er war ganz in Gedanken versunken, als er durch das Hafengebiet wanderte.

»He, Jaime, komm, wir gehen wieder. Hier ist nichts zu holen.«

»Nein! Jetzt noch nicht. Laß uns noch ein wenig zuschauen.«

Sie schlenderten am Zaun entlang. Zuerst sahen sie die kleinen Boote für den Nahverkehr zwischen den Inseln. Schweißüberströmte Hafenarbeiter luden von Hand die Fracht aus: hauptsächlich Kopra und andere landeseigene Erzeugnisse. *Hier könnte ich nicht viel holen,* dachte Jaime. *Aber anderseits — wenn ich Lagerhäuser unter mir hätte . . .*

Dann folgten die größeren Frachtschiffe. Hier ersetzten Ladebäume und Winden die Hände und den Schweiß. Zu einem Ladebaum gehörte ein Lademast und das Ladegeschirr*. Der Lademast befand sich über der Luke des Decks, dessen Ladung gelöscht werden sollte. Ein Haltetau, das zum Hin- und Herschwenken des Ladebaums diente, führte über zwei Rollen zum Lademast.

Irgendwo im Bauch des Schiffes wurde die Fracht in ein riesiges Frachtnetz verladen. Dann wurden die vier Ecken des Netzes zusammengezogen und an dem großen Ladehaken befestigt. Mit einem Schrei kündigte der Arbeiter an der Winde des Lademasts an, daß er die Fracht senkrecht aus der Luke emporhieven ließ. Sobald die Ladung über dem Deck schwebte, zog der zweite Mann an dem Haltetau des Ladebaums. Dadurch wurde die Fracht in Richtung Kai geschwenkt. Der erste Mann ließ dann etwas mehr von dem Seil abrollen, und wenn sie es beide richtig handhabten, bewegte

* Takelage und Winden.

sich die Ladung über das Schiffsdeck und wurde mehr oder weniger vorsichtig zum Kai heruntergelassen. Die Packträger hakten das volle Netz los und ein leeres Netz wieder ein. Wenn dieses dann davonschwebte, stürzten sie sich auf das frachtbeladene Netz und brachten die Waren je nach Anweisung ihres Chefs in die verschiedenen Lagerhallen.

Jaimes Blick haftete wie gebannt an dem lebhaften Treiben im Hafen. Rios Drängen, endlich zurückzugehen, berührte ihn überhaupt nicht. *Irgendwo muß hier doch eine schwache Stelle sein*, dachte er, *eine Möglichkeit zu stehlen.* Wenn er jemals Anführer einer Bande sein wollte, dann mußte er sich genau merken, wie die Leute mit dem Frachtgut umgingen. Er beobachtete, wie mehrere Kisten absichtlich fallengelassen wurden und aufplatzten. Egal, was der Inhalt war, er verschwand im Handumdrehen. *Wie bringen die Packträger bloß das Zeug ungesehen hinaus?* fragte er sich. Sein Vater mußte auch irgendwo da drüben auf den Docks arbeiten. Er brachte jedoch nie etwas nach Hause. Sicherlich setzte er alles in Alkohol um.

Jaime prägte sich die aufeinanderfolgenden Arbeitsgänge ein. Die Fracht schwang aus dem Bauch des Schiffes über das Deck hinunter zum Kai. Die leeren Netze legten den umgekehrten Weg zurück. Eine Vogelscheuche, lang und dünn, verschwand im Schiffsbauch. Ein Vielfraß mit prall gefülltem Bauch tauchte wieder auf. Er beobachtete, wie sich die Männer über die Berge von Waren hermachten, die im Netz lagen. Sie luden die Kisten und Ballen auf Handkarren und rollten sie durch verschiedene Türen ins Lagerhaus. Elektrowagen transportierten die sperrigeren Waren. Manchmal wurden viele Kisten auf Paletten gestapelt, und der Gabelstapler brachte sie fort.

Die Stelle außerhalb des Zaunes war günstig und gab Jaime den Überblick über die sich ablösenden Arbeitsgänge. Er registrierte, daß ab und zu einer der Träger seine Ladung bis ans Ende des Gebäudes rollte statt ins Lagerhaus und sie in einen kleinen Lastwagen verlud. Es war nicht viel, was er da wegschaffte. Man hatte den Eindruck, als wähle er sich die Sachen genau aus. Als der Lastwagen voll war, sprach der Träger kurz mit seinem Chef. Dann stellte er den Handkarren ab und kletterte in den Laster. Der Chef schickte einen anderen Mann rüber zur Wachtbude. Dieser sprach mit dem Wärter. Jaime konnte nicht verstehen, was er sagte, aber er hörte laute Rufe und sah die beiden mit den Händen gestikulieren. Der Mann schien den Aufseher zu bitten, das Tor zu verlassen und mit ihm zu gehen. Er zeigte auf einen Stapel Kisten in der Nähe. Schließlich ließ sich der Wächter erweichen, ging mit und besah sich den Stapel. Während er dies tat, fuhr der Lastwagen zum offenen Tor hinaus. Der Wächter rannte zurück, um den Laster aufzuhalten. Als er sah, daß es zu spät war, stürzte er sich mit Gebrüll auf den Mann, der ihn weggelockt hatte. Er packte ihn, als wolle er ihn der Polizei aushändigen. Der Chef und zwei weitere Packträger gingen auf die streitenden Männer zu. Sie waren mit den gefährlichen Frachthaken bewaffnet, die sie bei der Verladung von Ballen und Bündeln benutzten. Als der Wächter sie herankommen sah, blieb er reglos stehen, ließ dann den Mann los, zuckte mit den Schultern und ging zum Tor zurück. Die Männer machten sich wieder an ihre Arbeit.

Jaimes Traum, eines Tages Anführer einer Hafenbande zu sein, war aus. Er war erwacht. Es gab hier schon eine Bande! Sie plünderte bereits die Frachtladungen! Und sie hatte solch eine Macht, daß sie ohne Schwierigkeit jederzeit einen vollen Lastwagen zum Tor hinausfahren konnte. Die Einschüchterung des Wachtpostens bewies, welche Macht die Bande besaß. Er hatte genug Köpfchen, um sich klarzumachen, daß ein Grünschnabel wie er es niemals schaffen würde, in diese

Bande aufgenommen zu werden. Wenn er versuchen würde, eine zweite Bande zu bilden, würde es nichts als Bandenkrieg geben. Dafür hatte er nichts übrig. Stehlen und es riskieren, erwischt zu werden, war eine Sache — aber Gewalttätigkeiten und Gefahr laufen, getötet zu werden — das stand auf einem anderen Blatt.

»Komm doch, Jaime, wir haben hier nicht die geringste Chance, etwas zu holen. Komm, gehen wir!« Rios Drängen unterbrach seinen Gedankengang.

Jaime betrachtete Rio nachdenklich. *Ich frage mich, ob ich andere dazu bringen könnte, für mich zu kämpfen. Als Bandenführer könnte ich mich ja aus allem raushalten. Wie sollte ich das anstellen? Rio wäre der letzte, der für mich kämpfen würde. Ich muß ihm ja immer alles vormachen. Aber wenn ich jemand habe, der schlau genug ist, den Kampf zu leiten, dann ist er auch in der Lage, die Bande anzuführen. Und wo würde ich dann bleiben?*

Die dunklen Zukunftsaussichten bedrückten ihn mit einem Mal. Es war alles so hoffnungslos! Nur kleinere Diebstähle und ein mieses Leben, bis er eines Tages starb oder erwischt wurde. *Wozu sollte ich mich abrackern? Es ist zu stumpfsinnig, das Leben so zu verbringen. Vielleicht macht es Rio und den anderen nichts aus — mir dagegen um so mehr!* Seine Niedergeschlagenheit hielt aber nicht lange an. Bald hatte er sich wieder im Griff und seine Stimmung hob sich.

»Du hast recht, Rio, hier ist nichts zu holen. Los, gehen wir!« Er stand auf und ging die Straße hinunter. »Irgendwo wird sich schon etwas finden lassen, was wir gebrauchen können. Komm, wir wollen mal die Gassen hinter diesen Häusern durchsuchen.«

Sie gingen an den vielen kleinen Handwerksbetrieben und Fabriken vorbei, die auf der anderen Straßenseite gegenüber dem Hafen lagen. Sie durchstöberten die dahinterliegenden Gassen nach allem, was irgendwie von Wert sein könnte. Andere Jungen gingen derselben Beschäftigung nach. Man sah, daß der Abfall schon reichlich durchwühlt worden war.

Jaime hatte ein Brett gefunden, das er vielleicht gebrauchen konnte, und Rio trug ein paar Kartons unter dem Arm. Da öffnete sich genau vor ihnen eine Haustür. Ein Mann erschien und schüttete einen vollen Abfalleimer in die Mülltonne. Die Jungen hörten, wie es klapperte und klirrte. Sie stürzten sich auf die Mülltonne, bevor der Mann überhaupt verschwunden war.

»Viel Erfolg!« Der Mann verzog seinen Mund zu einem schiefen Grinsen, als er beobachtete, wie sie den Abfall nach Dosen und Flaschen durchwühlten. Das Blech und das Glas konnten sie für ein paar Centavos einem Trödler geben. Vielleicht würden sie sogar ein oder zwei Pesos dafür bekommen, je nach Qualität und Menge der Stücke. Die anderen Jungen, die ebenfalls die Gegend durchkämmten, hatten das Klirren und Klimpern auch gehört und kamen herbeigelaufen. Als sie die Mülltonne erreichten, hatten Jaime und Rio schon die besten Sachen herausgefischt und sich auf den Weg gemacht. Jaime ließ das Brett fallen und trug nun einen der Kartons, die Rio gefunden hatte und der jetzt voller Blechdosen, Flaschen und ein paar Lumpen war.

»He, da haben wir wirklich einen guten Fang gemacht. Wetten, daß wir fünf Pesos vierzig für das Zeug kriegen werden?« Rio war sichtlich zufrieden.

»Ja, könnte hinhauen, wenn wir dem alten Asin freundlich zureden.«

»Du kannst gut mit ihm reden. Vielleicht gibt er uns sogar noch mehr.«

»Sicherlich.« Jaimes Niedergeschlagenheit war anscheinend doch nicht ganz verschwunden. Das Durchstöbern des

Abfalls hatte ihm soeben die hoffnungslose Lage eines Straßenjungen recht deutlich vor Augen gestellt. *Der Sinn des Lebens muß doch noch woanders liegen als hierin. Art Randal holt doch auch mehr aus seinem Leben raus. Aber er sagte, daß er auch aus einer Art »Tondo« käme. Irgendwie muß er es ja geschafft haben, aus seinem »Tondo« herauszukom-*

men. Die einzige Art und Weise, jemals etwas von ihm erfahren zu können ist, daß ich an dem Lager teilnehme und selbst herausfinde, was diese Leute eigentlich haben. Ich muß es einfach riskieren, auch auf die Gefahr hin, daß etwas faul ist an der Sache. Ich muß wissen, wie diese Leute es geschafft haben!

»Augenblick mal!« Jaime stellte seinen Karton vorsichtig ab. »Ernesto, die ›Kleine Maus‹, ist doch zurückgekommen!«

»Wovon sprichst du eigentlich? Hat der Kopfsprung von vorhin deine Birne zu sehr gequetscht?«

»Es ist keine Falle! Siehst du das denn nicht? Wenn es eine Falle gewesen wäre, wäre Ernesto nicht zurückgekehrt. Dann wäre er jetzt beim Militär! Bin ich doch blöd, nicht eher daran gedacht zu haben!«

»Du bist blöd, weil du mir nicht sagst, wovon du überhaupt sprichst!«

»Vom Lager! Vom Lager natürlich. Begreifst du es denn immer noch nicht? Ernesto war im Lager und kam zurück. Und all die andern Jungen auch. Sie sind alle mit dem Bus zurückgekommen!«

»Ja, stimmt. Aber wie viele sind weggefahren? Vielleicht behalten sie bloß die dort, die ihnen gefallen!«

»Nein, Ernesto hätte mir das sonst erzählt. Er belügt mich nicht. Er hat Angst vor mir. Er würde es nicht wagen. Das weißt du ganz genau. Er sagte, daß sie einem alles mögliche schenken. Massenhaft zu essen. He, Rio, wie findest du das, jeden Tag einen vollen Bauch zu haben? Ha, allein die Vorstellung!«

»Nicht schlecht. Was hat er sonst noch zu sagen gehabt?«

»Nicht viel mehr. Aber auf diesem Zettel steht mehr. – Oh, das kann doch nicht wahr sein!« Er holte einen feuchten Lappen aus der Tasche. Das Schwimmen hatte dem Papier nicht gutgetan. »Hatte ich ganz vergessen!« Er zog die verklebten Seiten vorsichtig auseinander und breitete das Blatt auf seinem Karton zum Trocknen aus. »Ich kann mich noch daran erinnern, was da stand. Dort stand«, er zeigte auf einen Absatz, »daß wir Zahnbürste, Handtuch, Bettwäsche, Kleidung zum Wechseln und noch etwas mitbringen sollten, was wir sowieso alles nicht besitzen.« Sie sahen sich an und grinsten. »Wir dürfen aber trotzdem kommen, auch wenn wir nichts von dem Zeug haben.«

»Das ist prima. Ich wüßte nicht, wie ich das sonst alles stehlen sollte, auch wenn ich Zeit dazu hätte. Vielleicht kann ich meinen Basketball mitbringen?«

»Das Bild dort zeigt Jungen beim Basketballspiel auf einem vorschriftsmäßigen, großen Basketballfeld.«

»O Mann! Das ist was für mich! Ich habe noch nie auf einem richtigen Basketballfeld gespielt. Was zeigen sie sonst noch?«

»Die Jungen dort spielen Softball. Hast du das schon mal gespielt? Ich noch nicht.«

»Ich auch nicht. Es ist so ähnlich wie Baseball. Vielleicht bringen sie es uns bei.«

»Hier geben sie an, daß wir etwas ›studieren‹ müssen. Aber das macht nichts. Vielleicht lernen wir dabei, wie wir mehr Geld machen können.« *Oder wie ich am besten hier herauskommen kann,* fügte er im stillen hinzu. Es sah so aus, als ob Rio mitmachen wolle, und er wollte sich die Sache nicht verpatzen.

»Glaubst du, daß wir religiöses Zeug lernen müssen?«

»Wenn ja, brauchen wir nicht aufzupassen. Einfach so tun, als ob — und essen und Basketball spielen.«

»Ah — warum nicht? Wann soll es denn losgehen?«

»Nächsten Montag, glaube ich.« Er wendete das trocknende Blatt vorsichtig um und suchte nach dem Datum. »Ich glaube, das soll Montag heißen. Aber ich kann ja auch Art Randal fragen, wenn ich ihn wieder treffe. Jetzt müssen wir uns aber in Marsch setzen, wenn wir heute noch Geld haben wollen für das Zeug hier.« Er faltete den Zettel wieder vorsichtig zusammen und steckte ihn in seine Tasche. Als er den Karton auf die Schulter hob und losmarschierte, dachte er: *Rio, mein Freund, ich werde auf jeden Fall ins Lager fahren. Schön, wenn du auch dabei wärst. Aber ich gehe – so oder so. Irgend etwas, ich weiß nicht was, aber etwas sagt mir, daß ich dort lernen werde, wie ich aus Tondo herauskommen kann.*

4. Die Trennung

Der Tag, an dem das Lager beginnen sollte, war gekommen. Jaime wachte früh auf. Das bevorstehende Abenteuer vertrieb alle Müdigkeit. Er lag in seinem Anbau und lächelte. *Heute abend werde ich wissen, ob es das Militär ist oder ein anderes Leben. Ha! Ganz egal, beides würde ein neues Leben mit sich bringen. Bloß das Militärleben ist nicht so bequem . . .* Er lachte laut auf, doch gleich hatte er sich wieder gefaßt. Er durfte keinen Ton von sich geben, wenn er nicht den Rest der Familie aufwecken wollte. Sie würden ihn vielleicht zurückhalten oder zumindest fragen, wohin er denn schon so früh wolle. Er hatte aber nicht die Absicht, heute irgend etwas zu riskieren. Natürlich hatte er ihnen verheimlicht, daß er wegging. Sie hätten es ihm strikt verboten, und es hätte ein großes Theater gegeben.

Er überprüfte sein Versteck. Portemonnaie, Zeitschriften — alles war da. Er verdeckte es sorgfältig und vergewisserte sich, daß keine Spuren darauf hindeuteten. Er hatte zuvor sein zweites Hemd aus dem Haus geschmuggelt und es zusammengerollt versteckt. Das war das einzige, was er von den auf der Liste aufgezählten Dingen mitbringen konnte. Er hatte noch nie eine Zahnbürste besessen und fragte sich, wie das Zähneputzen ihm wohl gefallen würde. Die Reklamebilder ließen darauf schließen, daß es unheimlich Spaß machte; jedenfalls strahlten die Leute darauf immer übers ganze Gesicht.

Er lauschte angestrengt, doch die einzigen Geräusche, die aus der Hütte drangen, waren Vaters Schnarchen und Mutters lautes Atmen. Er nahm sein Hemd und schlich sich auf Zehenspitzen aus dem Anbau, vorbei an der Baracke und auf die Straße. Er atmete erst wieder frei, als er eine Straßenecke weiter war. Dann reckte er sich und ging mit großen Schritten im Morgengrauen zu Rios Kiste.

Rio blinzelte schläfrig. »Was ist los? Wer da? Oh, Jaime! Es ist ja noch stockdunkel! Was soll denn das? Geh schlafen und weck mich in ein paar Stunden.« Er legte seine Knochen in eine bequemere Lage, zog sich die Zeitungen über den Kopf und wollte wieder einschlafen.

Jaime lachte. »He, Freund, wie kannst du denn jetzt schlafen? Stell dir vor: Heute! Wir können essen, soviel wir wollen, und Basketball auf einem richtigen Feld spielen! Und du liegst hier wie ein kranker Hund. Los, steh auf!«

»Wieso bist du denn so aufgedreht?« Rio setzte sich mühselig auf, gähnte und kratzte sich. »Du tust gerade so, als ob du noch nie in einem Militärlager gewesen seist.«

»Oh, Rio, du hast doch Art Randal kennengelernt, und Mister Lito. Sie haben dir alles gesagt, was es über das Lager zu wissen gibt. Diese frommen Typen lügen nicht.«

»Ich traue diesem Randal nicht über den Weg. Wir haben ihn bestohlen. Er wird uns noch kriegen, paß auf! Weshalb sollte er sich sonst mit uns abgeben? Dieser Mister Lito ist natürlich etwas anderes.«

Ja, das ist er auch, dachte Jaime. *Mister Francisco Lito hat etwas, was ich auch will. Er sagte, daß er früher auch ein Straßenjunge gewesen sei. Aber sieh ihn dir heute an: Fein gekleidet, Direktor von »Camp Ilaw«*, von allen respektiert, ein richtiger Leiter. Aber da ist noch mehr. Seine Haltung, seine Ausstrahlung! Er ist sich seiner Sache so sicher. Er ist so überzeugt von seiner Arbeit. Das nenne ich hochkommen! Und das ist mein Ziel.*

Jaime und Rio hatten Mister Lito kennengelernt, als sie zum Hauptsitz der Mission nach Quezon City gingen, um sich

* Camp (Englisch) = Lager, ilaw (Tagalog) = Licht.

für das Lager anzumelden. Art hatte sie dorthin mitgenommen, damit sie einige Mitarbeiter kennenlernten und ihre Befürchtungen wegen des Militärs zerstreut würden. Es war ein sehr schönes Haus, das sie da hatten, und es herrschte ständiges Kommen und Gehen. Alle schienen sie glückliche, beschäftigte Leute zu sein. Es gab nicht den kleinsten Hinweis auf das Militär; wohl aber auf Jesus. Jaime bemerkte das Fischzeichen, das an der Wand hing. Es war das gleiche wie auf dem Portemonnaie. Es hingen noch andere Poster und Bilder an den Wänden. Alle hatten etwas mit Jesus zu tun.

Mister Lito hatte ihnen an einer Imbißbude auf der anderen Straßenseite »adobo chicken«* zu Mittag gekauft. Er hatte ihnen über das Lager berichtet und auch über sich selbst. Er erzählte aus seinem früheren Leben als Straßenjunge und wie er durch den Einsatz von Christen aus den Slums herauskommen konnte. Beide Jungen waren tief beeindruckt. Rio von den Berichten über Mahlzeiten und Basketball und Jaime von den Anzeichen des »feinen Lebens«, das diese Leute führten. Augenscheinlich hatten sie viel Geld. Sie besaßen Schuhe, sie waren sauber, und vor allem machten sie einen sehr glücklichen Eindruck. Und das konnte nur Geld zuwegebringen. Ja, das war es, was Jaime wollte.

»Wieso kommst du denn so früh?« Rio kratzte sich den Schlaf aus den Augen. »Wir brauchen doch nur den kurzen Weg zur Schule zu gehen, wenn wir den Bus um neun Uhr kriegen wollen.«

»Ich mußte mich aus dem Staub machen, bevor Mutter aufgewacht wäre und mir wieder jede Menge Arbeit aufgehalst hätte.«

»He, was hältst du davon, wenn wir rüber zum Quinta-

* Geschmortes Hühnergericht (Tagalog und Englisch). Das Fleisch wird in Soyasoße eingelegt und besonders gewürzt.

Markt gingen und uns etwas zum Frühstück besorgten?«

»Ich weiß nicht, Rio. Ich möchte es heute wirklich nicht darauf ankommen lassen. Wenn wir erwischt werden, haben wir uns alles verpatzt.«

»Na und? Ist doch gleichgültig, ob wir heute oder morgen erwischt werden. Verpatzen tun wir es uns trotzdem.«

»Aber nicht heute. Stell dir doch mal vor: Wir werden eine lange Busfahrt machen! Bist du jemals mit dem Bus gefahren?« Jaime versuchte, Rio auf andere Gedanken zu bringen.

»Nein. Deshalb habe ich auch solch einen Appetit. Wenn wir nicht zum Markt gehen, werde ich nicht mitkommen.«

Was ist plötzlich in den Kerl gefahren? dachte Jaime. *So war er ja noch nie! Ich wette, er hat immer noch Angst, er könne ins Militär gesteckt werden, und sucht jetzt nach einem Weg, um aussteigen zu können.*

»Na gut, gehen wir also. Aber paß auf, verstanden? Ich möchte die eine Woche im Lager nicht gegen einen Monat im Knast eintauschen!«

»Schon gut!« Rio stand auf, klemmte sich den Basketball unter den Arm und befestigte seine kürzlich »erworbene« Blechtasse am Hosenbund. »Jetzt habe ich alles. Es kann losgehen. Ich kann mir keinen besseren Anfang unserer neuen Militärlaufbahn denken als ein Frühstück aus saftigen, reifen Mangos von Missis Columnas Obststand.«

Sogar zu so früher Morgenstunde herrschte ein reges Treiben auf dem Markt. Das Getöse war so laut wie immer: Händler priesen ihre Ware an; und Kunden feilschten um die Preise. Die beiden Jungen drängten sich durch die Bäckerei-Abteilung zu den Obstständen, ohne daß sich ihnen die geringste Gelegenheit zum Stehlen bot. Es wurde spät und Jaime immer unruhiger.

»Komm, Rio! Wir bekommen etwas zu essen, wenn wir im Lager sind. Wir sollten hier keine Zeit vertrödeln!«

»Nein. Wir werden hier schon noch etwas kriegen.« Rio hatte sich verändert. Jaime hatte ihn nicht mehr in der Hand wie früher.

»Dort! Die Alte ist mit einem Kunden beschäftigt. Halt mal! Ich gehe!« Rio drückte Jaime den Basketball in den Arm und ging auf den Stand zu. Er nahm sich flink zwei Mangos aus dem Korb und . . . lief dem alten Mister Columnat genau in die Arme.

»Ha! Diesmal habe ich dich erwischt, du Dieb! Du wirst uns nicht länger bestehlen. Wache! Zu Hilfe!«

Jaimes Stimmung sank auf den Nullpunkt, und sein Magen verkrampfte sich, als er die Szene beobachtete. *Dieser Idiot!*

Ich habe es ihm ja gesagt. Was kann ich jetzt noch tun? Ich kann ihm nicht aus der Patsche helfen, aber allein lassen kann ich ihn auch nicht. Ich kann rein gar nichts tun! Wenn ich es versuche, kriegen sie uns beide. Oh, du Schafskopf, du Trottel! Rio warf ihm einen verzweifelten Blick zu, als Jaime sich zum Gehen wandte. *Leb wohl, mein dummer Freund. Sollte es je ein andermal geben, so hör auf jemanden, der klüger ist als du!*

Als Jaime sich umwandte, spürte er den Basketball unter dem Arm. Halt! Er sah sich die Szene noch mal genau an. Es war noch kein Wächter zu sehen. Nur Mister Columna, der Rio festhielt, und Missis Columna, die noch mit dem Kunden beschäftigt war. Er rannte ein paar Schritte zurück, um einen guten Ausgangspunkt zu haben. Dann begann er, in Richtung Stand zu hüpfen, wobei er den Ball dribbelte und lauthals vor sich hin pfiff. Keiner beachtete ihn. Als er beim Stand angelangt war, gab er vor auszurutschen, warf den Ball mitten in Mister Columnas Gesicht und stieß an den Obststand, daß dieser umzukippen drohte. Mister Columna schrie laut auf, ließ Rio fahren und griff nach dem Tisch.

»Entschuldigung! Entschuldigung! Ich bin ausgerutscht!« rief Jaime, um zur allgemeinen Verwirrung beizutragen. Er schnappte sich den Ball und stob davon. Er sah sich nicht nach Rio um. Wenn Rio sich jetzt nicht selbst befreien konnte, dann konnte Jaime nichts mehr für ihn tun. Als er die Markthalle verließ und auf die Straße hinausrannte, bemerkte er, daß Rio direkt hinter ihm lief.

Jaime warf ihm den Ball zu. »Jetzt gehen wir geradewegs zum Bus, verstanden? Kein Herumtrödeln mehr, oder ich schlag' dir den Schädel ein!«

»Immer mit der Ruhe! Ich hab' meine Tasse verloren! Ich will sie wiederhaben!«

Jaime ballte die Faust, doch dann ließ er den Arm sinken.

Was würde es auch nützen, dachte er. *Er ist einfach dumm.* »Nein, Freundchen, wir gehen nicht zurück. Wir gehen ohne deine Tasse weiter.«

»Ich will sie aber wiederhaben!«

Jaime lächelte geduldig, als sei Rio ein kleiner Junge. »Vielleicht können wir eine andere besorgen, wenn wir zurückgekommen sind.« Plötzlich mußte er wieder an Arts Worte denken: »Nimm dich aber in acht, Jaime. Paß auf, daß du Rio keine Liebe zeigst!«

Aber das ist keine Liebe, sagte er sich. *Ich möchte doch nur, daß mich ein Freund begleitet. Was ist daran so falsch? Ich habe ihn befreit, weil ich — weil — ich nicht wollte, daß er in den Knast kommt. Ich bin jedenfalls nicht der Typ, der herumläuft und an alle Leute Liebe verteilt. Ich habe mehr Köpfchen, als so etwas zu tun. Ich mag ihn eben. Aber mag ich ihn jetzt auch noch, wo er nicht mit mir zum Bus gehen will? Vorher hat er immer alles getan, was ich ihm sagte. Jetzt ist er plötzlich anders. Er reagiert genauso wie damals, als wir uns verlaufen hatten. Wir wollten nach Makati gehen und uns die neuen Gebäude ansehen. Da hat er sich auch so eigenartig benommen. Ich wette, er hat einfach Angst.*

»He, Rio, hast du Angst? Angst, ins Lager zu fahren, weil du denkst, du wirst eingezogen?«

»Nein! Ich habe vor nichts und niemand Angst!«

»Dann komm endlich! Es wird spät.«

»Ich möchte erst etwas zu essen haben!«

Jaimes Geduld war zu Ende: »Hör mal gut zu, du Trottel. Wenn wir uns jetzt nicht beeilen, wird der Bus ohne uns wegfahren.«

»Wen nennst du hier Trottel?«

»Dich nenne ich Trottel, du Trottel! Wir werden den Bus verpassen, und du wirst schuld daran sein!«

»Wenn du mich noch einmal Trottel nennst . . . du meinst

wohl, du hast die Weisheit mit Löffeln gefressen, was? Steig doch meinetwegen in den Bus und lande beim Heer. Ich werde es nicht tun! Dann werden wir sehen, wer hier clever ist, ha!«

»*Ich* bin der Schlaue von uns beiden! Du würdest jetzt im Knast sitzen, wenn ich nicht so gescheit gewesen wäre, dir aus der Patsche zu helfen! Du wärst sowieso schon längst verhungert, wenn ich dir nicht beigebracht hätte, wie man stiehlt!«

»Schon gut, gescheiter Jüngling! Lauf dem Heer doch in die Arme! Mir ist es völlig egal. Ich werde jedenfalls nicht mitfahren.«

»Dann gehab dich wohl, du Trottel! Warte nur ab! Ich werde noch viel gescheiter zurückkommen. Und sogar mit einem vollen Bauch! Von mir aus kannst du im Knast vergammeln. Du brauchst nicht zu denken, daß mich das kümmern wird.« Jaime trabte in Richtung Schule davon.

»Links, zwo, drei, vier. Links, zwo drei, vier . . .« Rio begann wie ein Soldat auf und nieder zu marschieren. Jaime lief so lange, bis er außer Sicht war.

Dieser Rio! dachte er. *Das hast du dir ja gut ausgesucht, mich gerade jetzt im Stich zu lassen. Jetzt haben wir eine Gelegenheit, uns aus diesem Dreck freizustrampeln, und du kneifst. Nun gut, aber keiner kann mich davon abhalten, weder du noch sonst jemand. Wir können von diesen Leuten etwas lernen. Wir* müssen *etwas lernen. Du wirst mich kein zweites Mal mehr im Stich lassen können, Freundchen, das steht fest; auch wenn du nicht im Knast hocken solltest bei meiner Rückkehr. Als Kumpel will ich dich dann trotzdem nicht mehr haben.*

Aber wenn ich nicht da bin und mich um dich kümmere, wirst du mit Sicherheit im Knast landen. Er verlangsamte sein Tempo für einen Augenblick, weil ihm Gewissensbisse kamen. *Nein! Rio hat mich im Stich gelassen — nicht umge-*

kehrt! Wahrscheinlich gehen alle Freundschaften früher oder später in die Brüche. Daran ist wohl nichts zu ändern. Zu dumm! Rio ist zwar ein bißchen blöd, aber er ist ein netter Kerl. Ich werde ihn sicherlich vermissen. Doch den Bus werde ich nicht verpassen und diese einmalige Chance, vielleicht hier herauszukommen. Davon kann mich weder Rio noch irgend jemand abhalten!

Er stieß einen Seufzer der Erleichterung aus, als er den großen, roten Bus vor der Schule erblickte. Ein Filipino hakte die Namensliste ab. Art war nirgends zu sehen.

»Hallo, du da, wie heißt du?« Der Mann grinste ihn freundlich an.

»Jaime Jorka.«

»Okay, Jaime. Schön, dich kennenzulernen. Ich heiße Ernie Cochon. Steig ein! Wir werden gleich losfahren. Ich habe nur noch einen Namen auf der Liste, Rio Rodriquez. Kennst du ihn?«

»Ja. Aber ich glaube nicht, daß er kommt. Er sagte, er hätte sich anders entschieden.«

»Das ist schade. Wir werden noch ein bißchen warten, vielleicht entschließt er sich doch noch zu kommen. Wenn nicht, kannst du ihm ja später erzählen, ob dir das Lager Spaß gemacht hat. Vielleicht kommt er dann das nächste Mal mit.«

Jaime war noch nie mit dem Bus gereist. Er war ein paarmal schwarz gefahren mit Jeepneys und hinten auf einem Lastwagen, aber solch große Busse kannte er nur von außen. Seine Nasenflügel bebten, als er die fremdartigen Gerüche im Innern des Busses einsog. Der letzte freie Platz war ganz hinten, am Ende des schmalen Ganges. Die Gummirillen des Bodenbelages fühlten sich barfuß ganz komisch an. Der Plastiksitz war durch die Sonnenwärme fast zu heiß, um sich daraufzusetzen, aber Jaime nahm sich ein Herz und rutschte vorsichtig auf den Sitz. Dabei versuchte er, so gelassen und gleichgültig wie möglich zu wirken, damit keiner auf den Gedanken kam, daß dies alles neu für ihn war.

Ernie stieg jetzt auch ein, und Jaime zuckte zusammen, als der Motor unter ihm mit lautem Gedröhne lebendig wurde. Merkwürdige zischende und knarrende Geräusche drangen aus dem Inneren des Busses, als er sich in Bewegung setzte. Jaimes Herz klopfte laut. Er sah zum Fenster hinaus, als sie losfuhren und das Schulgebäude an ihnen vorbeieilte. Da erblickte er Rio. Er hatte den Basketball unter den einen Arm geklemmt, einen Stock wie ein Gewehr über die Schulter gelegt und marschierte auf und ab. Jaime drehte den Kopf mit einem Ruck zur Seite. Das Gefühl der Niederlage, die Schande, sich eingestehen zu müssen, daß er Rio nicht zum Mitkommen bewegen konnte, übermannte ihn völlig.

5. Camp Ilaw

Jaime hatte schon Bilder vom Inland gesehen, aber es war das erste Mal, daß er es selbst besuchte. In Caloocan City warteten weitere Busse voll Jungen, die sich dem ihren anschlossen. Sie fuhren in einer Kolonne entlang der Bucht von Manila. Das Lager befand sich im Norden, auf der Halbinsel Bataan. In der Schule hatte Jaime Bilder von Reispflanzen und von den »carabaos« gesehen, die wie Ochsen aussahen und Pflüge zogen. Aber jetzt sah er alles mit eigenen Augen!

Die Jungen waren anfangs recht still gewesen, als der Bus losfuhr; aber jeder war so aufgeregt wie Jaime durch all die neuen Eindrücke. Ernie und die Mitarbeiter in den anderen Bussen waren vollauf damit beschäftigt, die Gänge entlangzugehen, die Jungen kennenzulernen und ihre Fragen zu beantworten.

»Ja, das ist eine Bananenstaude.« Ernie redete mit dem Jungen, der vor Jaime saß. »Du hast sie sicher schon vorher in Manila gesehen, nicht wahr? Hier draußen sind sie nur ein bißchen größer.« Mit einem Schwung war er bei Jaime. »Und wie findest du das alles, junger Mann?« Sein Lächeln war einfach ansteckend.

»Ich habe noch nie zuvor ein Reisfeld gesehen.« Jaime lächelte zurück. »Haben diese Bauern viel zu essen? Eigentlich müßten sie doch viel haben, bei all dem Zeug, das sie anbauen.«

»Das ist gar keine leichte Frage, ähm — Jaime.« Ernie sah schnell auf Jaimes Namensschild, das ihm beim Besteigen des Busses ausgehändigt worden war. »Sie haben genug zu essen, aber sie bauen das Getreide an, um es zu verkaufen. Sie verwerten es nicht alles selbst. Und sie müssen eine ganze Menge dafür bezahlen: für den Samen, für das Futter der ›carabaos‹,

für die Pacht und so weiter. Auf jeden Fall werden sie durch ihre Arbeit nicht reich. Warum fragst du? Möchtest du einmal Bauer werden?«

Jaime lachte, als er diese Frage hörte. »Ich habe doch keinen blassen Dunst von der Arbeit. Ich wollte es eben nur gern wissen. Was machst du eigentlich, Ernie? Ich nehme nicht an, daß du durch die Mitarbeit im Lager deinen Lebensunterhalt verdienst. Oder etwa doch?« Der Gedanke ließ ihn nicht los.

»Du bist nicht auf den Kopf gefallen! Du hast recht. Ich arbeite in den Lagern mit, weil ich es gern mache. Ich bekomme kein Geld dafür. Ich bin Bibelschüler und studiere, um später Prediger in einer Gemeinde oder vielleicht Missionar zu werden.«

»Macht sich diese Arbeit denn bezahlt?«

»Oh, du liebe Güte, nein! Jedenfalls nicht vom Geld her gesehen.«

»Warum tust du es dann?«

»Jaime, stell mir diese Frage noch einmal am Ende des Lagers. Dann wirst du die Antwort besser verstehen können, ja?«

»Einverstanden.«

»Schau dir inzwischen die Landschaft an und atme die frische Luft ein.« Ernie warf den Kopf zurück und sog die Luft mit einem geräuschvollen Schnüffeln ein. Die Jungen um ihn herum lachten.

»He, Ernie, wo liegt denn das Lager? Wann werden wir dort ankommen?« fragte jemand.

»Wir werden in ungefähr einer Stunde dort sein. Es heißt ›Camp Ilaw‹ und liegt auf der Halbinsel Bataan, direkt am Strand der Bucht von Manila. Ihr wißt doch alle über Bataan und den Todesmarsch Bescheid, nehme ich an?« Ein gemischter Chor aus bejahenden und verneinenden Stimmen war die Antwort. »Wie! Einige von euch wissen nichts von dieser großen, historischen Stunde unseres Volkes? Als siebenundvierzigtausend Filipinos und dreitausend Amerikaner drei Monate lang dem japanischen Eindringling standhielten, der dreihunderttausend Mann stark war? Eine Schande, daß ihr das nicht wißt! Es war die ehrenvollste Niederlage, die es im ganzen zweiten Weltkrieg gab!«

Als er weitererzählte vom endgültigen Fall der Stadt Corregidor und von dem 150 Meilen langen, brutalen Todesmarsch der Verteidiger von der Halbinsel bis zum Camp O'Donnel, erinnerte sich Jaime daran, wie er davon zum ersten Mal in der Schule gehört hatte. Jetzt überkamen ihn dieselben gemischten Gefühle aus Angst und Scham wie damals. Er wußte, daß er, Jaime Jorka, nicht den Schneid besessen hätte, so etwas durchzumachen.

Mit einer Kopfbewegung riß er sich aus seiner Träumerei und sah sich die vorbeisausende Gegend an. Die »nipas«* der Bauern, Pfahlbauten aus Stroh, sahen für den Jungen aus

* nipa (Tagalog) = Palmblatt, Stroh und Bezeichnung für aus diesem Material hergestellte Hütten.

Tondo recht komfortabel aus. Sie waren jedenfalls viel hübscher als die elenden Hütten, in denen die meisten seiner Freunde lebten.

Bald gab es nur noch vereinzelte »nipas«. Der Dschungel wurde immer dichter, je weiter sie sich von Manila entfernten.

»Möchtest du dich darin verlaufen?« fragte ihn sein Nebenmann und zeigte auf das dichte Laubwerk.

»Nun, jedenfalls müßte ich keine Angst haben, von einem Jeepney angefahren zu werden.« Sie lachten beide.

»Oder davor, daß die Polizei dich erwischt.«

»Eine ganze Armee müßte nach einem auf die Suche gehen, wenn man da tief drinstecken würde.«

»Da hast du recht, Jaime.« Ernie gesellte sich zu ihnen. »Während des letzten Krieges haben mehrere Guerillaeinheiten — das sind die Untergrundkämpfer — hier gelebt und gekämpft. Der Feind konnte sie nicht kriegen. Alles, was er tun konnte war, sich die Städte zu sichern. Den Busch aber konnte er nie unterwerfen. Ab und zu sandte der Feind Spähtrupps aus, von denen man nie mehr etwas hörte. Sogar heutzutage ist der Dschungel nicht ganz sicher. Man munkelt, daß sich Räuberbanden und sonstiges Gesindel dort eingenistet haben.«

»Gibt es eigentlich etwas, was du nicht weißt über diese Gegend?« Jaime neckte Ernie ein wenig.

»Kaum.« Ernie lachte. »Ich war hier schon öfter und habe auch Bücher darüber gelesen.«

Das ist nicht übel, dachte Jaime. *Aber jedesmal, wenn ich einen Buchladen betrete, wirft man mich hinaus, weil man weiß, daß ich irgend etwas mitgehen lassen werde. Vielleicht kann mir Ernie erklären, wie ich das Zeug lesen kann, ohne es einstecken zu müssen.*

Plötzlich verlangsamte der Bus seine Fahrt. Jaime lief es eiskalt über den Rücken, als die eigenartigen zischenden und ächzenden Laute unter seinem Sitz hervorkamen. War etwas nicht in Ordnung? War der Bus kaputt? Es herrschte ein gespanntes Schweigen. Jeder war darauf gefaßt, daß jetzt etwas geschehen würde.

»Wir sind gleich da!« rief Ernie, als der Bus von der Hauptstraße in einen schmalen, staubigen Weg einbog. Der Staub wirbelte in den Bus herein, aber es war sauberer Landstaub — kein Vergleich zu dem stinkenden Staub Tondos! Laute Hurrarufe brachen los, als sie auf einer großen Lichtung nahe beim Strand hielten. Sie hatten das Lager erreicht.

»Alles aussteigen, bitte! Wir gehen zum Versammlungsplatz — dort drüben, wo der Mann steht. Keiner entfernt sich von der Gruppe. Alle Mann schnurstracks zum Versammlungsplatz!« Ernie und die anderen Mitarbeiter trieben die Jungen wie eine Herde zum bezeichneten Platz.

Jaime schaute um sich, während sie auf die anderen warteten. Eines der ersten Dinge, die ihm auffielen, war das große

Basketballfeld. Er versuchte, den Gedanken an Rio zu verdrängen, und fuhr fort, sich die Lage der Dinge einzuprägen. Die Busse wurden hinter einem großen Holzgebäude geparkt. Er konnte nicht in das Gebäude hineinsehen, aber am einen Ende befand sich eine Außenküche mit riesigen Kochkesseln und offenen Feuerstellen. Daneben lag ein langes, niedriges Gebäude mit mehreren Türen. Vor jedem Eingang stand mindestens eine Person, die den Neuankömmlingen zuschaute.

Dem Strand gegenüber, hinter den Palmen, erblickte er mehrere kleine Bauten. Sie waren den »nipas« der Bauern ähnlich, doch bestanden diese hier aus Sperrholz. Das gesamte Lager breitete sich über eine fast ebene, grasbewachsene Fläche aus. Daneben gab es noch ein großes Spielfeld mit Toren für Softball und Fußball. Der große Schuppen schien noch weitere Gebäude zu verdecken. Der Geruch des Salzwassers war herrlich. Jaime hob den Kopf und lauschte. Über dem Rauschen des Meeres und der Bäume hörte er das Kreischen einer Holzsäge und helle Hammerschläge. *Mann, sie haben es gerade noch rechtzeitig für uns fertiggestellt,* dachte er.

Der Versammlungsplatz auf einem leicht abfallenden Teil des Grundstücks bestand aus vielen im Halbkreis aufgestellten Bankreihen. Mister Lito stand vorne und redete mit einigen Männern. Jaimes Herz tat einen Luftsprung, als er Art Randal unter ihnen erkannte. Jemand rief, daß jetzt alle da seien, und Mister Lito schritt zu einem kleinen Rednerpult und hielt die Hand hoch, damit Stille eintrat.

Die Jungen wurden schnell ruhig. Sie waren neugierig, was nun wirklich geschehen sollte.

»Ich möchte euch alle sehr herzlich in ›Camp Ilaw‹ willkommen heißen. Ich freue mich, daß ihr alle gekommen seid. Einige von euch wissen vielleicht noch nicht, was hier vor sich geht. Das hier ist ein christliches Lager, ein Bibellager, und ihr werdet sicher viel Freude haben.

Wir haben jedoch auch Regeln, die es einzuhalten gilt. Es sind nicht viele, aber sie sollen befolgt werden. Wenn ihr diese Regeln brecht und Unruhe stiftet, werden wir euch auf dem schnellsten Wege nach Manila zurückbefördern. Verstanden? Prima. Also, die Grundregeln sind folgende:

Erstens: Jeder wird einer bestimmten Hütte und einem Gruppenleiter zugeteilt. Bei allen Unternehmungen habt ihr euch an diese Gruppe zu halten. Zweitens: Keiner verläßt das Lagergelände. Drittens: Der Mitarbeiter, dem ihr zugeteilt seid, ist der Chef. Folgt ihm! Und viertens: Keine Schlägereien untereinander!

Jeden Tag haben wir ein Programm für euch geplant. Euer Gruppenleiter weiß Bescheid und wird euch anleiten. Wir treiben Sport wie Basketball, Schwimmen, Softball und so weiter. Dann haben wir Werken — wir bauen Drachen und lassen sie steigen, und außerdem lesen wir viel in der Bibel. Ihr werdet sogar noch freie Zeit haben, um tun und lassen zu können, was ihr wollt, wie zum Beispiel ›siesta‹* halten.

Ich weiß aber, daß ihr eins gewiß nicht tun wollt, nämlich essen, also brauchen wir gar nicht darüber zu sprechen.« Aus der Menge der Jungen drangen vereinzelte Rufe. »Wie bitte? Wollt ihr etwa doch essen?« Die Rufe wurden lauter, als die Jungen auf den Spaß eingingen. »Ihr meint, ihr wollt *tatsächlich* Nahrung zu euch nehmen?« Ein ohrenbetäubender, einstimmiger Schrei war die Antwort. »Weshalb sollten wir euch zu essen geben? Dann wollt ihr bloß immer wieder von neuem essen.«

Mister Lito nahm einen kleinen Gummiball aus der Tasche. »Wenn wir euch zu essen geben, wird es so sein wie mit

* Spanisch für Mittagsruhe.

diesem Ball.« Er steckte ihn in seine geschlossene linke Hand. »Und so wie mit diesem«, er zog einen anderen Ball hervor und tat dasselbe. »Und so.« Ein dritter Ball wurde in die linke Hand gestopft. »Ihr werdet das ganze Essen in euren Mund stopfen und nach einer kleinen Weile wird es verschwunden sein, und ihr wollt schon wieder essen.« Er öffnete langsam die linke Hand. Alle Bälle waren verschwunden. Einen Augenblick lang herrschte verblüfftes Schweigen, dann brach ein lautes Gelächter los.

Jaime saß unbeweglich da und beobachtete Mister Lito. Er staunte über die Geschicklichkeit dieses Mannes. *Er nimmt uns auf den Arm, fast so, wie ich es mit Rio immer tat,* dachte er, *aber er betrügt uns nicht. Er will bloß Spaß machen. Deshalb werden wir ihm alle vertrauen. Er ist schlau, ja sogar sehr schlau.*

»Also gut, einverstanden. Wenn ihr doch essen wollt, sage ich euch, was wir tun werden. Sobald ihr ein lautes Klingelzeichen hört — ich meine ein *wirklich lautes* — geht ihr alle rüber zu dem großen Gebäude dort auf der anderen Seite, bildet eine Schlange und geht in den Speisesaal.«

Eine laute elektrische Klingel ertönte. »Das ist das Zeichen! Nehmt eure Bündel mit und stellt euch hintereinander an, wie ich es gesagt habe! Auf geht's zum Essen!«

Ein Riesenspektakel brach los, als alle Jungen aufsprangen und versuchten, erste zu sein. Die Mitarbeiter standen schon bei den Türen bereit und ließen die Jungen einen nach dem anderen hineingehen. Jaime stand ganz vorn in der Schlange und wollte kaum seinen Augen trauen.

Lange Tisch- und Bankreihen füllten die ganze Halle. Vor jedem Platz standen unterteilte Plastikteller: rote, grüne, gelbe und blaue — und Becher in denselben Farben. Jeder Teller war vollgefüllt. Soviel aß sonst eine ganze Familie auf einmal. In der einen Tellerecke türmte sich ein Reisberg, in der anderen ein Berg Spaghetti, in einer weiteren Ecke lag »paksiw«*, und in der vierten Ecke waren »pandesals«, die knusprigen Brötchen. Dann standen da außerdem noch Marmeladeschalen und Saftkrüge. Es duftete einfach himmlisch!

»Halt, alle warten mit dem Essen! Stellt euch hinter die Bänke, bis wir alle drinnen sind und Mister Lito das Dankgebet gesprochen hat. Wartet, noch nicht anfangen!« Die Mitarbeiter versuchten, den Sturm auf das Essen aufzuhalten und die Ordnung zu wahren.

Jaime hörte die mahnenden Stimmen nicht. Sein Magen sprach lauter. Er fand einen leeren Platz, sprang über die Bank, und machte sich heißhungrig über das Essen her. Er hatte seit gestern mittag nichts mehr zu sich genommen.

»Jaime, hast du nicht gehört, was wir gerufen haben?« Arts vertraute Stimme ließ ihn aufhorchen. Er beugte sich nach vorn und legte seine Arme schützend um den Teller. Art wollte ihm die Hand auf die Schulter legen, aber Jaime entzog sich ihm blitzschnell. Plötzlich durchzuckte ihn der Gedanke: *Ich könnte fortgeschickt werden!* Er sackte in sich zusammen. Widerstrebend ließ er den Teller los und stand auf. Als er rückwärts über die Bank stieg, hörte er eine Stimme: »Danke, Herr Jesus. Amen.«

»Jetzt ist es schon zu spät, Jaime. Setz dich hin!« Art saß ein paar Plätze weiter am gleichen Tisch. Es wurden kaum Worte gewechselt, als die Jungen sich an die Arbeit machten. Jaime aß jetzt langsamer und sah sich dabei um. Er fragte sich, was ihm wohl geschehen würde, weil er die Regel nicht befolgt hatte. Er erwartete, daß ihm jeden Augenblick der Teller vor der Nase weggezogen und er nichts mehr zu essen bekommen würde.

»Hallo, du hast keinen Reis mehr. Willst du noch einen

* Fisch in Essigsud (Tagalog).

Schlag?« Ein Junge, kaum älter als Jaime, stand hinter ihm. Er zog einen Servierwagen, vollbeladen mit dampfendem Reis, hinter sich her.

»Darf ich? Sind Sie nicht mehr böse auf mich?« Jaime sah Art an, dann den Servierjungen.

»Nimm nur! Iß, soviel du willst! Aus diesem Grund sind wir ja bei Tisch.« Arts Lächeln war voll Liebe und Vergebung. »Paß aber auf, daß es nicht noch einmal vorkommt.«

Jaime grinste den Servierjungen an. »Nur noch ein wenig. Nicht zu viel. Ich platze sonst vielleicht.«

»Bitte schön!« Der Junge klatschte eine volle Schöpfkelle Reis auf Jaimes Teller. »Wenn du noch etwas Fisch willst — ein anderer Helfer kommt direkt hinter mir her mit Nachschub davon.«

Die Geräuschkulisse schwoll langsam an, als die Jungen ihr Essen beendeten. Jaime konnte keinen weiteren Bissen mehr hinunterkriegen. Er versuchte, den letzten Schluck Saft zu trinken, aber vergeblich. Er konnte sich nicht erinnern, jemals so satt gewesen zu sein.

»He, schaut euch das mal an!« er zog sein Hemd stramm über den Bauch. »Das ist das erste Mal, daß ich dich hervorgucken sehe«, redete er seine Leibesmitte an. »Meistens war an deiner Stelle ein großes Loch. So voll und dick wie heute habe ich dich noch nie gesehen!«

»Und mein Bauch erst!« rief sein Tischnachbar. »Schaut euch den mal an!« Jetzt begannen alle Jungen am Tisch ihre Bäuche zu vergleichen. Ein kleinerer Junge sah mit kugelrunden Augen drein: »Ich glaube, mir wird übel!«

»Nein, bloß nicht! Verschwende das gute Essen nicht! Laß es drinnen!«

»Behalt es bei dir, behalt es!« riefen die anderen Jungen ihm zu.

Arts Augen strahlten vor Freude und Belustigung über die Zufriedenheit und die harmlosen Witze der Jungen ringsum.

»Achtung, bitte alle herhören!« Mister Lito stand auf einem kleinen Podest am anderen Ende der Halle. »Hört mal, ihr Burschen, wenn wir euch in den Speisesaal bringen, dann erwarten wir auch von euch, daß *gegessen* wird! Schaut her«, er hob seine Arme hoch, »ein Teelöffel voll Reis und ein halbes Pandesal sind übriggeblieben. Was ist denn nur los? Schmeckt euch unser Essen etwa nicht? Wie kommt es denn, daß ihr nicht alles aufeßt?« Gelächter und Stöhnen übertönten seine Stimme. »Schon gut«, beruhigte er sie, »wir vergeben euch diesmal. Paßt aber auf, daß es kein zweites Mal vorkommt!

Für die nächste Stunde haben wir nichts weiter vorgesehen, als daß jeder die Hütte bezieht, der er zugeteilt wird. Ich werde jetzt eine Nummer ausrufen — das wird eure Hüttennummer sein. Dann werde ich eine Reihe Namen vorlesen — das sind die Jungen, die der Hütte zugeteilt sind. Okay? Jetzt macht mal nicht so viel Krach, damit jeder seinen Namen verstehen kann. Wenn jemand seinen Namen nicht gehört hat, soll er nachher zu mir kommen. Nummer eins, die erste Hütte — der dazugehörige Gruppenleiter hält ein Schild mit der Nummer eins hoch — hängt euch an ihn . . .«

Jaime hörte gespannt zu und wartete darauf, daß sein Name genannt würde. Schließlich fiel sein Name bei Hütte Nummer acht. Er kannte keinen der anderen Namen, vermutlich kamen die Jungen aus einer anderen Gegend. Er stellte aber erfreut fest, daß Ernie Cochon das Schild hochhielt.

Die Hütte war ungefähr sechs Meter lang und fast ebenso breit. Sie stand etwa einen Meter über dem Erdboden, wie auch die kleine Veranda am einen Ende. Die Wände waren bis zu einer Höhe von ungefähr 1,50 m aus massivem Holz, darüber bis zur Höhe des Daches durchbrochen. Das Dach besaß einen breiten Vorsprung, damit das Regenwasser ablaufen konnte. Es gab auch Fensterläden, die man schließen konnte, falls ein Taifun* drohte. Auf jeder Seite befanden sich drei Doppelstockbetten, in der Mitte des Raumes standen ein Tisch und Stühle. Auf der anderen Seite, gegenüber dem Eingang, befand sich ein kleines, getrenntes Zimmer mit zwei Betten.

Jaime warf sein Bündel nach oben auf ein Bett in der Ecke, von wo aus er die Bucht überblicken konnte.

»Sobald der zweite Gruppenleiter mit den Kulturbeuteln hier eintrifft, werden wir euch in diese Sache einweihen. Jetzt könnt ihr euch ausruhen und die Mahlzeit verdauen. Das kleine Zimmer da hinten gehört uns Leitern. Der große Raum gehört euch. Was wir auf alle Fälle tun müssen ist, diesen Raum sauberhalten. Die Hütte, die am saubersten ist, er-

* Tropischer Wirbelsturm in Südostasien.

hält einen Preis. Jeden Tag werden die Hütten kontrolliert, und alles, was nicht in Ordnung ist, wird als Minuspunkt notiert.« Ernie redete unermüdlich drauflos über Regeln und den Tagesablauf.

Jaime kletterte auf sein Bett, lehnte sich gegen die Wand und schaute hinaus auf das Lagergelände. Ein warmes Gefühl der Zufriedenheit breitete sich von seinem vollen Magen über den ganzen Körper aus. Das Gemurmel im Zimmer drang aus immer größerer Entfernung an sein Ohr . . .

»Jorka, antreten! Aber ruckzuck — wird's bald?« Mit einem Satz war Jaime hellwach. Er starrte in Arts lachendes Gesicht.

»He, ich bitte Sie, Mr. Randal, jagen Sie mir doch nicht solche Angst ein. Ich denke, ich bin beim Militär gelandet, und Sie wissen doch, welche Gefühle ich dagegen hege.«

»Während du selig geschlummert hast, mein Freund, haben Ernie und ich das Zimmer aufgeteilt. Ich habe diese Seite unter mir, er die andere. Also hast du mich als Chef bekommen, armer Kerl. Meinst du, du wirst es verkraften können?«

»Keine Ahnung, aber ich werde mir Mühe geben.« Jaime gelang es nur schwer, seine Freude zu verbergen. Er sprang vom Bett herunter, und Art machte ihn mit den anderen bekannt.

»Das hier ist Luis, das sind Rudy, Pat, Manual und Pio. Das ist Jaime. Mich und die anderen Gruppenleiter dürft ihr mit dem Vornamen anreden und duzen. Jetzt, wo wir uns alle gegenseitig kennen, wollen wir rüber zu den Waschtrögen gehen.« Sie marschierten hinaus zu der Reihe Wasserhähne bei den Toiletten. Andere Gruppen hatten sich dort schon um ihre Leiter geschart. Alle erhielten sie die gleichen Anweisungen.

»Das hier ist ein sogenannter Kulturbeutel.« Jaime erkannte den Stoffsack wieder, den Ernesto, die »Kleine

Maus«, trug, als er aus dem Bus ausstieg. »Darin befindet sich ein Stück Seife. Weiß jemand, wozu man es verwendet?«

»Schmieren sich das nicht die reichen Leute aufs Brot?«

»Nein. Man schmiert damit Sachen ein, damit sie besser rutschen.«

»Mädchen tragen es um ihren Hals, damit sie schön duften.«

»Prima! Ich muß schon sagen, ihr seid nicht auf den Kopf gefallen. Aber ich zeige euch jetzt noch etwas anderes, was man mit Seife machen kann. Das nennt man ›sich waschen‹. Wir werden uns ab jetzt vor jeder Mahlzeit kämmen und die Hände waschen. Man geht dabei so vor . . .« Alle mußten nacheinander Arts Beispiel folgen und sich die Hände waschen, die Haare kämmen und schließlich die Zähne putzen. Jaime fuhr mit der Zunge über seine sich so fremdartig anfühlenden Zähne und den prickelnden Gaumen. Er mochte das Gefühl, aber so toll, daß man wie die Leute auf den Reklamen von einem Ohr bis zum andern grinsen mußte, fand er es wiederum nicht.

»Was wir soeben getan haben, nennt sich ›Körperpflege‹. Wir wollen das von nun an jeden Tag tun. Das nächste ist, daß ihr von Kopf bis Fuß sauber seid. Kleider und Körper. Die einfachste Art und Weise, eure Kleider zu waschen ist, sie beim Schwimmen im Meer anzubehalten.«

Das Wasser war warm und sauber. Art zeigte ihnen, wie sie restliche Flecken in ihren Kleidern mit Sand auswaschen und diese dann auf dem Gras zum Trocknen ausbreiten sollten. Jaime genoß das saubere Meerwasser. Er rieb sich sogar selbst mit dem Sand ab. *Wenn es gut für die Kleider sein soll, muß es auch mir guttun,* folgerte er.

Viel zu schnell rief Art sie wieder aus dem Wasser. »Falls eure Kleider noch nicht trocken sind, zieht sie trotzdem an! Sie trocknen ebensogut am Körper wie auf dem Gras.«

Jaime schlüpfte nur in seine feuchten Shorts. Das Hemd zog er nicht über. Eine angenehme, frische Brise strich über seinen Oberkörper. Er hängte sein Hemd sorgfältig an einen Zweig bei seiner Hütte, damit es völlig trocknen konnte.

Im Geiste notierte er: *Lektion Nummer eins: Sei sauber!* Alle Mitarbeiter im Lager waren sauber. Alle reichen Leute waren sauber. In Tondo würde es schwierig werden, sich sauberzuhalten, aber Jaime schwor sich: *Ab heute werde ich sauber sein.*

»Wir haben noch ungefähr zwanzig Minuten Zeit, bevor die Versammlung beginnt. Wenn ihr euch das gesamte Lager anschauen wollt, so ist das jetzt eine prima Gelegenheit.« Jaime nutzte diese gleich und ging los.

Er lief um den gesamten Gebäudekomplex, in dem sich der Speisesaal befand. Er entdeckte im Innern des Gebäudes eine weitere Küche, die Vorratsräume und vieles mehr. Das lange, niedrige Gebäude mit den vielen Türen war die Zentrale der Lagerleitung. Dort befanden sich die Büros und die Zimmer einiger Mitarbeiter. Wohin er auch ging und zu welcher Tür er hineinschaute — er wurde jedesmal von einer strahlenden Person mit einem freundlichen »Hallo!« begrüßt. *Das könnte Lektion zwei sein: Sei nett zu den andern! Ich werde es versuchen. Vielleicht klappt es sogar? Sei höflich und fröhlich!*

Er hörte wieder die Hammerschläge und beschloß, daß er noch genügend Zeit hatte, um herauszubekommen, woher das Geräusch stammte. Hinter dem Zentralgebäude befanden sich die Garagen und Werkstätten.

Zwei Zimmerleute errichteten einen Anbau für den Vorratsraum. Der Boden war schon gelegt, und sie waren gerade dabei, eine der Wände aufzustellen. Sie hatten die Wandbretter auf dem Boden zusammengenagelt und wollten sie nun an der vorgesehenen Stelle aufrichten.

Jaime dachte an seinen kleinen Anbau, an das Fenster und die anderen Sachen, die er angefertigt hatte. Alles war so rauh und plump im Vergleich zu der Arbeit dieser Zimmerleute. Hier waren die Bretter glatt und lotrecht gesägt, und die Ekken fügten sich lückenlos ineinander. Selbst das Sägemehl roch sauber. Er stellte sich vor, wie es wäre, mit Recht auf seine Arbeit stolz sein zu können, weil sie gelungen war. Bisher, so mußte er sich geknickt eingestehen, hatte er mit den vorhandenen Mitteln nur schlechte Arbeit leisten können. Die Arbeit der Männer hier würde ihm sicher auch Spaß machen. Er fragte sich, ob sie ihn vielleicht ein wenig helfen lassen würden. Mit Lektion zwei im Kopf ging Jaime auf sie zu und fragte höflich: »Kann ich Ihnen helfen?«

Einer der Männer sah ihn an und lächelte. »Warum nicht, mein Junge? Wir wollen gerade diese Wand hochziehen, und wir könnten dazu ein Paar weitere Hände gut gebrauchen. Stell dich hierhin und hebe dann dort hoch, sobald ich es dir sage. Dann könnt ihr beiden die Wand halten, während ich sie festmache.« Jaime tat, wie ihm gesagt wurde, und bald darauf hatte er das befriedigende Gefühl, die Wand fertig aufgerichtet zu sehen. Aber er konnte sie nicht lange bewundern. Seine Zeit war so gut wie um.

»Ich muß jetzt gehen. Wir haben eine Versammlung«, entschuldigte er sich.

»Danke für deine Hilfe, mein Junge. Du kannst jederzeit wiederkommen. Wir haben immer Arbeit für dich auf Lager.« Jaime sonnte sich in ihrer Anerkennung. *Vielleicht haut das mit den Lektionen wirklich hin,* dachte er. *Hier stehe ich, sauber, rede freundlich mit ihnen, und sie jagen mich nicht fort. Im Gegenteil, sie bitten mich, wiederzukommen. Nicht übel. Wirklich nicht schlecht. Und ich bin hier erst vor ein paar Stunden eingetroffen!*

Als er die Hütte acht betrat, mußte er feststellen, daß Luis oben in dem Bett lag, das er für sich besetzt hatte. *Denk an Lektion zwei, sei nett!* dachte er schnell.

»Luis, hier muß ein Irrtum vorliegen. Das ist mein Bett, in dem du liegst. Bitte steig runter!«

»Da magst du recht haben, daß hier ein Irrtum vorliegt, wenn du denkst, ich würde dieses Bett hergeben. Du hast jetzt das Bett dort.« Luis zeigte zu einem unteren Bett.

»Mein Freund, ich sagte, steig bitte von meinem Bett!« Lektion zwei war auf einmal vergessen, als Jaime hochsprang, Luis am Arm packte und ihn aus dem Bett warf. Als Jaime hochsteigen wollte, ergriff Luis ihn bei den Füßen und zog ihn zu sich herunter. Jaime holte sich eine beträchtliche Schürfwunde am Arm, als er über die Kante des Bettrostes rutschte. Beide Jungen waren erprobte Straßenkämpfer, und als Jaime versuchte, auf Luis zu landen, wich dieser ihm schnell aus und brachte Jaime aus dem Gleichgewicht.

Art und Ernie waren mit einem Satz aus ihrem Zimmer gesprungen und trennten die beiden Streithähne.

»He! Hört sofort auf! Ihr wißt doch, daß Schlägereien nicht erlaubt sind!«

Jaime faßte sich schnell. »Art, wir haben gar nicht gekämpft. Ich bin aus meinem Bett gefallen und unglücklicherweise, rein zufällig auf Freund Luis gelandet. Wir haben gerade versucht, uns zu entwirren, als ihr hereinkamt.« Das war das Beste, was er innerhalb so kurzer Zeit zustandebringen konnte. Er hoffte, es würde ausreichen, um nicht nach Hause geschickt zu werden.

Art und Ernie blickten sich an. Mühsam unterdrückten sie ein Grinsen.

»Aha! Nun, wenn der Fall so liegt, dann mußt du, Jaime, dich bei Luis für das Mißgeschick entschuldigen. Machst du das?«

»Ja.« *Alles tue ich, Hauptsache, ich darf hierbleiben.*

»Luis, ich entschuldige mich, daß ich auf dich gefallen bin.« Luis nahm die Entschuldigung mit einem Kopfnicken an und freute sich über Jaimes Unbehagen.

»Jaime, jetzt leg deine Siebensachen auf dein Bett da oben, wohin sie gehören. Und Luis, du nimmst dein Zeug runter zu dir.« Luis' Grinsen erstarb schnell. »Jaime, komm mit!« Art wollte Jaime bei der Schulter nehmen, aber dieser schüttelte wie üblich die Hand ab. Er konnte es einfach nicht leiden, wenn ihn jemand anfaßte.

»Wohin gehen wir denn?« Plötzlich wurde er mißtrauisch, als sie die Wiese überquerten.

»Zur Zentrale.«

Jaimes Hoffnungsschimmer erlosch, als ihm bewußt wurde, daß er zurückgeschickt werden sollte.

6. Heuchelei?

»Hier hinein.« Sie waren bei der Zentrale angelangt, und Art beorderte Jaime durch eine Tür.

»Hallo, ihr beiden!« Eine junge Dame in weißem Kittel und mit einer lustigen weißen Haube begrüßte sie. »Was kann ich für euch tun?«

»Würdest du bitte seinen Arm untersuchen?«

»Sieht schlimmer aus, als es ist.« Sie lächelte ermutigend. »Ich heiße Evelyn Rivera und bin die Krankenschwester. Wie heißt du?« Evelyn unterhielt sich mit ihm, während sie eine Flasche und ein Stück Gaze hervorholte.

»Jaime Jorka.« Er beobachtete ihre Vorbereitungen äußerst beunruhigt. Alles war ihm neu, was hier geschah.

»Es wird ein bißchen brennen, dafür tötet es aber alle Keime, die sich vielleicht in der Wunde befinden.« *Es brennt nicht nur ein wenig,* dachte Jaime, als sie die Wunde mit dem keimtötenden Mittel betupfte. Aber sein Stolz ließ es nicht zu, daß er auch nur mit der Wimper zuckte.

»Das war's auch schon. Falls die Wunde sich röten oder anschwellen sollte, kommst du wieder zu mir.« Ihre Hände fühlten sich so kühl und zart an, als sie ihn versorgte. »Wo du schon hier bist, könnten wir dich gleich richtig untersuchen.« Sie holte ein Formblatt, setzte oben seinen Namen ein und begann, ihn zu untersuchen. Sie sah ihm in den Mund, in die Augen, setzte ein Hörrohr auf seine Brust und brachte ihn zum Lachen, als sie in seine Ohren schauen wollte und bemerkte: »Da kann ich nicht durchsehen!« Dann tastete sie seinen Hals und die Kiefer ab. Oh, diese zarten, sanften Hände!

Jaime hätte es um nichts in der Welt zugegeben, aber als sie mit der Untersuchung fertig war, war er völlig hingerissen von der Schwester. In seinem ganzen Leben war ihm noch nie solch ein entzückendes Wesen begegnet wie Evelyn Rivera. Er war völlig verwirrt.

»Wir müssen uns jetzt beeilen, wenn wir rechtzeitig zur Versammlung kommen wollen.« Art brachte ihn auf den Boden der Wirklichkeit zurück.

»Ihr werdet mich nicht wegschicken?« Jaime sah wieder einen Hoffnungsfunken.

»Nein, jetzt noch nicht«, neckte ihn Art. »Aber hüte dich davor, nochmals — ähm — auf jemanden zu fallen!«

»Ganz bestimmt nie wieder!« Ein breites Grinsen ging über Jaimes Gesicht. *Diese Leute sind wirklich anders. Sie tragen einem nichts nach. Es sieht so aus, als würden sie einem fast alles, was man angestellt hat, vergeben. Das könnte Lektion drei sein: Sei nicht nachtragend!*

Oder tue wenigstens so, als würdest du niemand etwas nachtragen. Jaimes alte, mißtrauische Natur hatte ihn wieder im Griff. *Paß auf, alter Junge. Du brauchst nicht gleich butterweich zu werden, nur weil eine reizende junge Dame nett zu dir ist!*

Auf dem Versammlungsplatz stießen sie zum Rest ihrer Gruppe. Mister Lito begann gerade zu sprechen, als sie eintrafen.

»Ab heute wird für euch vieles anders werden. Warum? Weil ihr ab heute dieses Buch studieren werdet.« Er hielt ein blau-weiß gebundenes Buch hoch, damit sie es alle sehen konnten. »Was das für ein Buch ist? Es ist das Neue Testament. Dieses Buch kann euer Leben total umkrempeln. Ihr werdet es nicht für möglich halten.«

Allerdings! dachte Jaime. Doch dann fiel ihm ein, daß Art so etwas Ähnliches gesagt hatte, als er über das Lager sprach. *Das konnte ich auch nicht glauben. Und jetzt sitze ich hier!*

»Die Bibel kann euer Leben ebenso verändern — schaut

her!« Mister Lito hielt ein schwarzes Seidentaschentuch hoch. Er begann, es in seine linke Faust zu stopfen. Als es halb in seiner Hand steckte, zog er es auf der anderen Seite heraus. Das Taschentuch war jetzt blütenweiß. Er fuhr fort, das schwarze Taschentuch hineinzustopfen und das weiße herauszuziehen, bis es ganz durch war. Dann öffnete er die Hand — sie war leer!

»Genauso wie das Taschentuch kann euer Leben verändert werden. Woher ich das weiß? Weil auch mein Leben verändert wurde. Ich war auch einmal ein Straßenjunge wie ihr. Ich habe gestohlen, was ich nur in die Finger bekam. Ich habe Mülltonnen durchwühlt. Ich habe Trödelwaren verhökert. Ich habe dasselbe hinter mir wie ihr. Aber jetzt kenne ich Jesus Christus, und ihr kennt ihn nicht.

Ist Jesus Christus bei mir mit einem großen Wagen vorgefahren oder hat er Geld regnen lassen, daß aus mir der wurde, der ich heute bin?« Jaime zuckte unwillkürlich zusammen, als er diesen Mann in seinen eigenen Worten reden hörte. »Nein, er ist in meinem Herzen. Er lebt in mir und zeigt mir, wie ich richtig handle. Jesus wird auch in euer Herz einziehen, wenn ihr es ihm öffnet. Deshalb schenken wir euch dieses Neue Testament.«

Es entstand ein allgemeines Gemurmel, als die Bücher ausgeteilt wurden. Jaime wollte das erste Buch, das er zu fassen bekam, für sich behalten, doch er mußte es an Luis weiterreichen, der neben ihm saß. Er besah sich seines kurz, drehte und wendete es in den Händen. Es war das erste Buch, das er je besessen hatte. *Also dies ist das Buch, das sie aus den Slums herausgebracht hat,* dachte er. *Das eine, was sie alle gemeinsam haben ist: sie kennen sich in dem Buch aus. Das ist wohl Lektion vier: Lerne soviel wie möglich über dieses Buch!*

»Wir wollen das Neue Testament nun näher betrachten.« Mister Lito erklärte ihnen, daß das Alte und das Neue Testament zusammen die Bibel ergeben, erklärte die Einteilung der Bibel in Kapitel und Verse und daß verschiedene Bücher darin enthalten sind. Schließlich sagte er: »Jetzt wollen wir das Buch Johannes, Kapitel drei, Vers sechzehn aufschlagen. Könnt ihr die Stelle finden? Wer sie gefunden hat, soll sich melden.« Jaime blätterte hastig in seinem Neuen Testament herum und warf den Arm hoch, als er die Stelle gefunden hatte. Er sah sich um und stellte fest, daß er nicht der erste war, der sich meldete. Doch waren ihm nicht viele Jungen zuvorgekommen.

»Einige von euch haben den Vers gefunden. Auf welcher Seite steht er?« Mister Lito nickte zustimmend, als Jaime und die anderen ihm die Seitenzahl zuriefen. »Das ist richtig. Jetzt wollen wir lesen, was da steht: ›Gott liebte die Menschen so sehr, daß er seinen einzigen Sohn hergab. Nun wird jeder, der sein Vertrauen auf den Sohn Gottes setzt, nicht zugrunde gehen, sondern ewig leben.‹ — Habt ihr das alle verstanden? Lest es selbst noch einmal still durch.« Mister Lito wiederholte den Vers für diejenigen, die nicht lesen konnten. »Das ist doch ein großartiges Versprechen, nicht wahr? Es ist so phantastisch, daß wir es eingehender betrachten wollen. Schreibt jetzt alle auf die erste Seite eures Notizblocks, den wir mit der Bibel ausgeteilt haben: ›Gott liebt mich. Johannes drei, sechzehn.‹ Ihr werdet jetzt mit euren Gruppenleitern weiter über diesen Vers sprechen.«

Mister Lito schloß die Versammlung mit einem Gebet, und dann führte Art seine Gruppe hinter ihre Hütte. Unter einer Palme warfen sie sich ins Gras und bildeten einen Halbkreis um Art. Jaime öffnete sein Neues Testament und begann zu lesen.

»Woher kommst du eigentlich, Art?« fragte Poi.

»Aus den Vereinigten Staaten. Warum fragst du?«

»Ich dachte es mir schon. Dein Akzent klingt danach, aber

manchmal kann ich ihn schwer von dem eines Engländers unterscheiden.«

»Nein. Engländer haben eine ganz andere Aussprache«, entgegnete Manual.

»Ist ja auch egal. Warum bist du aber hierher gekommen? Konntest du in den Staaten keinen Job finden?« Alle Jungen kicherten.

»Nein, das war nicht der Grund!« Art lachte. »Ich kam hierher, um beim Aufbau des Missionswerkes mitzuhelfen und Mitarbeiter zu schulen, damit Jungen wie ihr in Bibellager fahren können. In den Staaten gibt es schon viele solcher Bibellager.«

»Ha, das soll ich dir wohl glauben, was?« Jaime schlug mit einem lauten Knall sein Testament zu.

»Aber Jaime, warum willst du mir nicht glauben?«

»Ich meine doch nicht dich, Art. Ich meine, was der Typ in dem Buch schreibt. Da steht doch tatsächlich, daß einer, der Jesus heißt, keinen Vater haben soll. *Überhaupt keinen* Vater. Das ist einfach irre. Jeder Mensch hat einen Vater, auch wenn er ihn nicht kennt.«

»Da hast du etwas Eigenartiges gelesen über Jesus, nicht wahr? Wo steht es?«

»Ganz am Anfang, wo sonst?«

»Erinnerst du dich, wie Mister Lito erklärte, daß dies mehrere Bücher sind, die zu einem großen zusammengefaßt wurden? Nun, wir müssen ein wenig achtgeben, wo wir lesen. Du hast in einem Buch gelesen, das von einem Mann, der Matthäus hieß, geschrieben wurde. Es ist die Lebensgeschichte Jesu. Sie hört sich sehr eigenartig an, nicht wahr?«

»Ha! Nicht nur eigenartig — verrückt!«

»Nein. Jesus ist nämlich Gottes Sohn. — Woher wissen wir das?«

»Weil Gott sein Vater ist.« Poi fand es höchst einfach.

»Richtig! Du hast mit einem unserer Missionare geredet, nicht wahr, Poi?«

»Ja, mit zweien sogar: mit Severino und Raymond.«

»Was hast du noch über Jesus erfahren?«

»Sie sagten, er starb und wurde dann wieder lebendig.«

»Woher wollt ihr das denn so bestimmt wissen?« unterbrach Jaime. »Nur weil es in diesem Buch steht? Was beweist denn, daß es wahr ist? Andere Bücher lügen auch.«

»Jaime, woher weißt du, daß die Japaner hier waren? Hast du je einen von ihnen getroffen? Kennst du jemand, der am Todesmarsch teilgenommen hat? Das alles geschah, bevor du geboren wurdest. Aber du glaubst daran, weil du in den Geschichtsbüchern darüber gelesen hast. Und gescheite Leute haben diese Bücher studiert, und sie sagen euch: Es stimmt, es gehört zur philippinischen Geschichte, es geschah wirklich. Dasselbe trifft auf dieses Buch zu. Es ist Geschichte. Unzählig viele kluge Leute haben dieses Buch studiert, sind in das Land gegangen, wo sich die Dinge ereigneten, haben dort Ausgrabungen gemacht und herausgefunden, daß alles übereinstimmt. Und dann gibt es Leute wie mich oder Mister Lito und die anderen Mitarbeiter hier, die befolgt haben, was uns das Buch sagt. Dabei haben wir alle festgestellt, daß es recht hat. — Jetzt wollen wir aber weitermachen.«

Jaime nahm das Buch wieder mit mehr Respekt zur Hand. Er ließ es mehrmals durch die Finger gleiten. »Wenn ich aber weiterlesen möchte, wo soll ich anfangen?«

»Fang mit der Guten Nachricht nach Markus an. Auf Seite sechsundachtzig. Falls du irgendwelche Fragen hast, kannst du sie ja in dein Notizheft schreiben und mich bei Gelegenheit fragen. — Jetzt schlagen wir alle die Seite zweihundertachtzehn auf: ›Gott liebte die Menschen so sehr, daß er seinen einzigen Sohn hergab.‹ Damit ist Jesus gemeint. Wer ist er? Warum gibt es ihn? Was will er? Jaime stellte fest, daß er keinen Vater hatte, und Poi sagte, er sei von den Toten zurückgekommen. Zwischen diesen beiden Punkten liegt viel, was wir kennenlernen müssen. Wir wollen deshalb unsere Gute Nachricht auf Seite . . .«

Jaimes Entschluß, sich durch dieses »religiöse Zeug« nicht aus der Ruhe bringen zu lassen, war nicht lange aufrechtzuerhalten. Die Geschichte dieses Mannes, der vor fast 2000 Jahren lebte, faszinierte ihn mehr und mehr. Er unterschied sich wirklich von jedem anderen Menschen, von dem Jaime bisher gehört hatte.

Es ist aber trotz allem nur eine Geschichte. Keiner könnte jemals seine Feinde lieben, wie dieser Jesus es fordert und auch selbst tat. Jedenfalls habe ich noch niemanden gesehen, der so ist. Aber was ist mit Art und mit Mister Lito? Sie leben doch so, wie Jesus es will? Aber ich bringe es nicht fertig. Ja, denn Liebe vortäuschen und wirklich lieben sind zwei verschiedene Schuhe. Das ist die Antwort! Sie täuschen alle bloß Liebe vor. Auf diese Art und Weise kriegen sie die Leute herum . . .

»Was soll das bedeuten?«

»Es läutet zum Abendessen!«

»Schon wieder? Wir haben heute doch schon gegessen!«

»Jetzt werden wir noch einmal essen. Auf die Beine, ihr Burschen! Bringt eure Bücher in die Hütte und wascht euch schnell die Hände. Wir stellen uns alle vor dem Eingang auf und gehen in den Speisesaal, um gemeinsam mit dem Essen zu beginnen. Auf, bewegt euch!«

In ungläubigem Staunen betrat einer nach dem anderen den Speisesaal und sah, wie sich das Essen auf den Tellern häufte. Reis und »adobo pork«* und Gemüse und »pandesals« und Obst und Saft . . . zweimal am Tag!

Dafür tue ich alles, dachte Jaime. Er stellte sich respektvoll hinter die Bank, während Mister Lito Gott bat, die Mahlzeit zu segnen. Diesmal verschlang Jaime das Essen nicht, sondern genoß jeden einzelnen Bissen. Alle Jungen saßen ehrfurchtsvoll und wie benommen da, während sie sich leise unterhielten. Es schien, als hätten sie Angst, alles könne nur ein Traum sein und sie würden mit einem Schlag in Manila erwachen.

Jaime beobachtete die Gruppenleiter beim Essen. Er versuchte, ihre Bewegungen nachzuahmen: wie sie mit Gabel und Löffel umgingen, wie sie aßen und tranken. Er nutzte jede Gelegenheit, um von ihnen zu lernen. Er versuchte, »dan-

* Geschmortes Schweinefleisch (Tagalog und Englisch).

ke« und »bitte« zu gebrauchen, wenn er um Saft bat oder um ein weiteres »pandesal«. Art ermunterte die anderen Jungen dazu, sich auch zu bemühen. Bald waren sie die höflichste Schar Straßenbengel, die man sich nur wünschen konnte. *Oh, Mann,* dachte Jaime, *wir sind wirklich zu allem bereit, nur, um einen vollen Bauch zu haben! Warum auch nicht? Im Leben geht es doch um nichts anderes als um einen vollen Bauch. Ist der mal voll, werde ich an andere Dinge denken. Deshalb möchte ich ja auch etwas werden: um immer einen vollen Bauch zu haben.*

»Das macht ihr recht gut, Kameraden«, bemerkte Art anerkennend. »Ich frage mich bloß, wie lange diese guten Manieren anhalten werden. Was meinst du dazu, Ernie?«

»Na, Art, die werden sie ab jetzt immer beibehalten. Sie haben nun gelernt, wie man es macht, und werden es immer so halten. Nicht wahr, ihr Burschen?«

»Selbstverständlich! — Auf alle Fälle! — Immer!« Die Jungen überschlugen sich geradezu mit Bekundungen ihres guten Willens.

»Schon gut«, fügte Jaime hinzu, »aber gib sofort das Pandesal her, sonst schlag' ich dir die Birne weich!«

Brüllendes Gelächter war die Reaktion. Jaime weidete sich an seiner eigenen Pfiffigkeit. Nach dem Essen saßen sie unter den Palmen und warteten auf den Beginn der Abendveranstaltung. Die Jungen, die sich um Art gruppiert hatten, stellten ihm eine Frage nach der anderen. Besonnen und geduldig beantwortete er jede Frage, so gut er konnte. Er lachte und neckte sie und stellte ihnen Gegenfragen. Aber er setzte sie weder herab, noch wies er sie zurecht, gleichgültig, wie albern die Jungen wurden. Jaime hörte ihnen eine Weile zu. Dann begann er, die Gute Nachricht nach Markus zu lesen. Was er da über den Mann las, der die Kranken und die Lahmen und die Blinden heilte, fesselte ihn doch sehr. In Gedanken folgte ihm Jaime auf den staubigen Straßen des alten Israels. Und die Kranken, Lahmen und Blinden aus Tondo waren auch dabei.

***

»Gott liebt euch.« Mister Lito sprach wieder bei der Abendversammlung.

Aber selbstverständlich, und wie! dachte Jaime. *Deshalb sorgte er dafür, daß ich in Tondo geboren wurde.*

»Ihr glaubt das vielleicht nicht. Ihr sagt: Wenn er mich liebt, wieso kam ich dann als armer Straßenjunge auf die Welt?«

Jaime lief es kalt über den Rücken. *Weiß er denn tatsächlich jeden einzelnen Gedanken von mir?* Eine allgemeine Bewegung entstand, als auch andere Jungen mit großen Augen um sich sahen. *Nein,* dachte Jaime, *er durchschaut uns bloß. Er kann sich gut vorstellen, was wir denken. Er ist eben schlau.*

»Ihr habt heute viel von Jesus gehört. Erinnert ihr euch, wie er allen geholfen und alle geheilt hat, die zu ihm kamen? Er kümmerte sich nicht nur um seine Freunde, nicht bloß um die, die Geld hatten, sondern um jeden, der zu ihm kam. — Warum hast du aber nichts von seiner Liebe mitgekriegt? Wieso hast du nie etwas von all dem Guten gemerkt, das Gott dir geben möchte, wie wir behaupten?« Mister Lito gab ein Beispiel nach dem anderen aus der Bibel an über Gottes Liebe zu den Menschen. Aber jedesmal stellte er die gleiche Frage: »Wieso zeigt dir Gott der Vater nichts von seiner Liebe?

Gott kann uns seine Liebe nicht zeigen, weil er nicht mit ansehen kann, wie wir sind! Gott ist rein, heilig und gerecht. Er kann die Sünde nicht dulden. Darum können wir keine Gemeinschaft mit ihm haben. Der Himmel — Gottes ewige Gegenwart — ist so sauber und gut, daß Gott keinen dort haben möchte, der jemals gelogen, betrogen oder gestohlen hat. Da sind wir alle wirklich übel dran.

Wenn Gott uns aber so sehr liebt, meint ihr, er würde uns in der Klemme sitzenlassen? ›Gott liebte die Menschen so sehr, daß er seinen einzigen Sohn hergab.‹

Wofür? Gott gab ihn in den Tod, damit wir nicht sterben müssen, weil wir so schlecht sind. Er hat unsere Schuld auf sich genommen und wurde an unserer Stelle dafür bestraft.

›Nun wird jeder, der sein Vertrauen auf den Sohn Gottes setzt, nicht zugrunde gehen, sondern ewig leben.‹ — Das ist der springende Punkt. Jesus kann dir deine Sünden nicht wegnehmen, es sei denn, du vertraust und glaubst ihm. Das bedeutet, daran zu glauben, daß er jetzt lebt; bedeutet, ihn zum Chef deines Lebens zu machen, zuzugeben, daß du ein Sünder bist und ihn zu bitten, in dein Herz zu kommen. Jeder einzelne von euch kann es tun, und dann fängt in ihm ein neues Leben an. Jesus kommt tatsächlich in dein Herz und lebt in dir und gibt dir die Kraft, so zu leben, wie er es von dir erwartet.«

Nein danke, dachte Jaime. *Ich brauche keinen Chef. Ich kann selbst auf mich aufpassen. Im übrigen glaube ich dir nicht, Mister Lito. Keiner kann in mir drin leben. Ihr seid zwar alle gescheite Typen, aber hier seid ihr zu weit gegangen.*

Auf dem Weg zurück zur Hütte versuchte Jaime, Klarheit in die Angelegenheit zu bekommen. War es nun wirklich Gottes Liebe oder war es eine großangelegte Show? *Lektion zwei hieß: Sei nett! Lektion drei war: Sei nicht nachtragend! Wenn ich jetzt beides zusammenfüge, bekomme ich etwas, das wie Liebe aussieht. Ich werde es mal ausprobieren. Viel zu verlieren habe ich dabei nicht.*

»He, Luis!« rief er und vergewisserte sich, daß Art es hören konnte. »Wenn du wirklich so gern in meinem Bett oben schlafen möchtest, kannst du es haben. Es ist nicht recht, daß ich aus diesem Grund mit dir einen Streit anfange.«

»Nein, nein, Jaime! Behalt es nur, es ist nicht der Rede wert. Ich hätte es nicht tun sollen.«

Jaime lachte sich ins Fäustchen, als er Arts strahlendes Gesicht sah. *Ha, ha,* dachte er. *Ich habe ihn angeführt! Er denkt, ich liebe Luis wirklich. Er ist eben doch nicht so schlau!*

7. Spielregeln

Die Straße war staubig, und die Sonne brannte heiß herab. Die Menge, die Jaime verfolgte, kam näher und näher. Er drehte sich nach ihr um. Die Menschen waren jetzt so nahe herangekommen, daß er ihre kranken und verkrüppelten Körper erkennen konnte. Offene Wunden, bucklige Rücken, eiternde Augen, verkrüppelte Beine ... Aber so krank, wie sie waren — sie schienen ihn einzuholen. Wenn nur der Staub nicht so dicht wäre, dann könnte er schneller rennen. »Jaime, Jaime!« riefen sie. Er konnte seine Beine nicht aus dem schweren Straßenstaub heben. Gleich würden sie ihn überrennen. »Geht weg!« rief er. »Geht fort. Ich kann euch doch nicht helfen. Geht weg!« Der Staub wurde dichter — sie kamen immer näher — jetzt streckte einer seine Hand aus und packte ihn ...!

»Aufwachen, du Schlafmütze!« Art schüttelte seine Schulter. »Wachst du nie auf, wenn man dich ruft?«

Jaime blinzelte Art sekundenlang an, dann schreckte er zurück und sah wild um sich. Sein Alptraum verwandelte sich in Angst vor dem Militär. Aber alles, was er sah, waren Arts lächelndes Gesicht und dieselben Jungen wie am Vorabend. Beruhigt rutschte er von seinem Bett herunter und stellte sich zu ihnen.

»Los, macht euch fertig! Ihr habt genau fünfzehn Minuten Zeit!« trieb Art sie an.

Nach längerem Drängeln und Schieben an den Waschtrögen stellten sie sich alle leidlich gewaschen, gekämmt und pünktlich vor ihrer Hütte auf. Art und Ernie erklärten ihnen kurz die Zeremonie des Flaggehissens und ordneten die Jungen der Größe nach an. Ein Trompetensignal ertönte aus der Nähe des Versammlungsplatzes.

»Jetzt wollen wir alle still rübermarschieren. Ernie wird euch zu unserem Platz auf dem Feld führen. Es ist jetzt keine Zeit, um zu schwatzen.«

Sie stellten sich in Reihen auf dem Feld auf. Einer der Mitarbeiter hatte eine Trompete in der Hand. Zwei weitere Männer standen am Fahnenmast, bereit, die Flagge zu hissen. Als alle an Ort und Stelle angelangt waren und vollkommene Stille herrschte, hob Mister Lito die Hand.

»Wir singen unsere Nationalhymne!« Er ließ die Hand fallen und alle stimmten, von der Trompete begleitet, an:

»Land des Morgens, Kind der wiederkehrenden Sonne,
brennend vor Glut, dich verehren unsere Herzen.
Geliebtes, heiliges Land, du Wiege edler Helden,
kein Feind darf je dein hehres Gestade betreten.
Auf ewig am Firmament ...«

Jaime beobachtete, wie die Sonne das Blau und das Rot der Flagge bestrahlte und wie die goldenen Sterne und die Sonne auf dem weißen Feld auffunkelten. Seine Brust schwoll vor Stolz. Er machte sich höchst selten Gedanken über sein Vaterland und über die Nationalflagge, aber jetzt wurde ihm bewußt, wieviel ihm doch beides bedeutete. Er mochte ein Dieb sein, aber vor allem war er ein Filipino. Vor Bewegung bekam er eine kribbelnde Gänsehaut. Sein Rücken straffte sich — er hielt sich kerzengerade. Nachdem die letzten Töne des Liedes verklungen waren und die Flagge am Mastende anmutig in der Brise wehte, entstand ein kurzer Augenblick der Stille. Mister Lito unterbrach ihn: »Wunderschön, nicht wahr?« Er riß seine Augen von der Flagge los und wandte sich an die Jungen:

»Heute werden wir mit etwas Neuem beginnen. Es heißt ›Werken‹. Es bedeutet, daß wir selbst etwas anfertigen werden. Eins der ersten Dinge, die wir herstellen wollen, ist ein Drachen. Jede Hüttengemeinschaft wird einen Drachen anfertigen. Es wird Preise geben für den schönsten Drachen, für den Drachen, der am besten fliegt, für . . .«

Ein Raunen ging durch die Menge der Jungen, als sie das Klingelzeichen, das zum Essen rief, hörten. Es war zu schön, um wahr zu sein! So früh am Morgen sollte es schon etwas zu essen geben? Und mittags und abends auch noch einmal? Drei Mal am Tag?

»Es klingelt mal wieder!« Mister Lito gab sich verärgert. »Immer muß die Glocke mich unterbrechen. Aber ich weiß ja, daß ihr keine Lust zum Essen habt. Ich weiß, ihr wollt viel lieber hier stehenbleiben und mir zuhören, nicht wahr?« Die Jungen erinnerten sich an den gestrigen Tag. »Nein, nein, wir wollen lieber essen! Wir wollen essen!« riefen sie einstimmig.

»Na, dann will ich euch nicht länger davon abhalten!«

Im Speisesaal standen Teller voll Rührei mit »tinapa«* und Reis. Dazu gab es Obstsaft sowie »pandesals«, die bei keiner Mahlzeit fehlenden Brötchen. Drei Mahlzeiten täglich würden sie bekommen! Das war der vorherrschende Gedanke bei Jaime und jedem anderen Jungen im Lager. Sie wollten sich gut betragen, sie würden jeder Regel gehorchen, die ihnen nur in den Sinn kam, alles, damit sie dieses Essen bekämen.

Mit vollem Magen wanderte Jaime auf die Wiese hinaus. Er schlenderte zu einigen seiner Gruppenkameraden. Sobald Art herauskam, umschwärmten sie ihn wie die Bienen. Jaime hörte ihnen eine Weile zu. Sie versuchten alle, sich bei Art einzuschmeicheln. Sie hingen an seinen Lippen und versuchten ständig, ihm näher zu kommen. Jaime fühlte sich durch ihr Benehmen abgestoßen. *Ein wenig Aufmerksamkeit, und schon werden sie schwach,* dachte er. *Bin ich froh, daß ich das nicht nötig habe! Bin ich froh, daß ich allein zurechtkomme*

* Geräucherter Fisch (Tagalog).

und nicht auf diesen faulen Zauber von Liebe hereinfalle. Ich brauche niemand anders.

Jaime hob den Kopf, als er schwache Hammerschläge vernahm. »He, Art, darf ich zu den Zimmerleuten gehen?«

»Einverstanden, Jaime, aber bleib nicht länger als zehn Minuten weg! Wir werden bald mit dem Werken beginnen.«

Als Jaime um die Garagen bog, sah er die Wand, die er am Vortag mit aufgerichtet hatte. Ihr Anblick erfüllte ihn mit Stolz. Er lachte über seine Reaktion, doch fühlte er sich ein klein wenig größer und vielleicht auch ein bißchen besser, weil er etwas Nützliches getan hatte.

»Guten Morgen, die Herren«, grüßte er, in Erinnerung an Lektion zwei, sei nett.

»Guten Morgen, junger Mann. Bist du wiedergekommen, um uns zu helfen?«

»Ich habe nur ein paar Minuten Zeit, aber ich würde Ihnen gern helfen.«

»Schön. Mister Torre hat gerade diese kleine Kiste mit Nägeln umgestoßen. Wenn du sie aufsammeln würdest, könnte er mal zur Abwechslung etwas Nützliches tun.« Beide Männer lachten über die Neckerei. »Ich bin Mister Mendieta. Wie heißt du?«

»Jaime Jorka«, antwortete er abwesend. Die Nägel hatten seine ganze Aufmerksamkeit gefangengenommen. Sie waren so sauber und glänzten so schön! Und vor allem waren sie nicht krumm. Er hatte noch nie so viele Nägel auf einmal gesehen! Liebevoll hob er sie auf und legte sie vorsichtig in die kleine Kiste zurück. Seine Finger wollten sie fast in den Taschen verschwinden lassen, aber er sah Berge von dampfendem Reis und frischen »pandesals« vor sich, und das hielt ihn davon zurück.

»Magst du Nägel gern?« fragte Mister Torre ruhig.

»Zu Hause — wenn ich an unserer Hütte etwas ausbessern

möchte — in Tondo — müssen wir Nägel st . . ., ich meine, uns Nägel besorgen, wo wir können, und sie sind verbogen und rostig und . . . ich habe keinen Hammer mehr, und mit einem Stein ist es so schwierig . . .« Er errötete vor Scham. Diese beiden Männer waren Fachleute, und er erzählte ihnen von seinen stümperhaften Versuchen im Zimmerhandwerk!

Die beiden Männer tauschten einen Blick aus. Mister Mendieta nickte.

»Na, ich denke, es wird Zeit, daß du lernst, wie man einen Nagel richtig einschlägt.« Mister Torre hielt ihm seinen Hammer hin.

Einen Moment lang konnte Jaime es fast nicht glauben. *Er weiß doch, daß ich ein Dieb bin. Hat er keine Angst, daß ich ihn bestehlen könnte? Aber nein, ich werde es nicht tun. Hier nicht.* Er blickte zu Mister Torre empor, der ihn mit einem leichten Lächeln ansah.

»Hier, nimm ihn! Nun, das erste, was du lernen mußt, ist, wie man den Hammer hält. Halte ihn hier unten am Ende . . .« Geduldig erklärte ihm Mister Torre alle Einzelheiten, die man beachten mußte, wenn man einen Nagel einschlagen wollte: Wie man den Hammer hielt. Wie man ihn schwang. Wie man den Nagel traf und nicht den Daumen. Und wie man den Nagel geradeschlug, wenn er etwas krumm eingetrieben war. Bald ließ er Jaime die Verkleidung an die Wände nageln.

»Sie wird durch die Platten verdeckt werden. Es macht also nichts, wenn die Nägel ein wenig krumm drinstecken. Irgendwo mußt du es ja lernen.« Die Männer lachten fröhlich. Jaime hatte den Eindruck, daß diese beiden ständig über etwas lachten oder kicherten.

Durch die Begeisterung, mit der er bei der Arbeit war, verlor Jaime jegliches Zeitgefühl. Als er plötzlich eine Hand auf seiner Schulter spürte, schreckte er auf und entwand sich ihr.

»Jaime, ich hatte dir doch nur zehn Minuten zugestanden! Komm jetzt mit! Wir sind schon zu spät für die Werkstunde!« Arts Stirnrunzeln versetzte Jaimes Herz einen Stich. Mister Mendieta eilte ihm zu Hilfe.

»Art, wenn er im Werkunterricht lernen soll, etwas zusammenzuleimen, warum läßt du ihn nicht hier, um uns zu helfen und zu lernen, wie man etwas Sinnvolles tut? Außerdem brauchen wir seine Hilfe, wenn wir diese Arbeit so schnell erledigt haben sollen, wie du es dir vorstellst.«

»Aber jede Gruppe stellt die verschiedenen Sachen in Teamarbeit her. Es wäre ungerecht, wenn unsere Gruppe . . .« Art hielt plötzlich inne. Er sah zu Jaime, dann zu den Männern, dann auf die Arbeit, die noch getan werden mußte. Jaime war, als dauere es eine Ewigkeit. »Möchtest du hierbleiben, Jaime?«

»Ja.« Jaime nickte. »Ich würde sehr gern hierbleiben.«

»Einverstanden. Aber du bist Punkt halb neun bei unserer Hütte, hörst du?«

»Okay, Art. Abgemacht. Vielen Dank!«

Jaime atmete erlöst aus. Ganz unbewußt hatte er seinen Atem so lange angehalten. Als Art sie wieder verließ, sagte Mister Torre:

»Du hast es so gewollt, Jaime. Jetzt wirst du für uns arbeiten. Keine Spielerei mehr. Ich weiß nicht, ob du jemals zuvor einen Job hattest, aber jetzt hast du einen. Zuerst kannst du mal die Holzbalken dort zum Sägebock bringen . . .« Und Jaime arbeitete! Er schleppte Bretter. Er holte Nägel. Er hielt die Rolle des Meßbandes, wenn die Männer etwas ausmessen wollten. Er brachte Werkzeug heran. Und dabei lernte er. Wenn die Männer ihm Anweisungen gaben, erklärten sie ihm auch, was sie vorhatten. Sie hatten ihre Freude an ihrem neuen Lehrling und an seinem Lerneifer.

Viel zu schnell war es halb neun.

»Jetzt gehst du lieber. Du darfst nicht zu spät kommen, sonst wird dich Art kein zweites Mal zu uns lassen. Mit deiner Hilfe werden wir diese Woche noch fertig mit der Arbeit hier. Gott sei Lob und Dank!«

Jaime war wie vom Donner gerührt. »Sind Sie beide etwa auch Missionare?«

»Nein, wir sind einfache Zimmerleute.«

»Wie kommt es dann, daß Sie genauso reden?«

»Wir loben den Herrn Jesus wie sie, weil wir, genau wie sie, an Jesus Christus glauben. Du brauchst kein Missionar oder Prediger zu sein, um an Jesus zu glauben. Jesus ist für jeden da. — Jetzt mach schnell, oder du wirst zu spät kommen!«

»Ja, ja, ich geh' schon.« Wie betäubt durch diese neue Wendung der Dinge ging Jaime davon. Dann erinnerte er sich an Lektion zwei: Sei nett. Er drehte sich um: »Vielen Dank für alles, was ich lernen konnte. Ich werde so bald wie möglich wiederkommen. Auf Wiedersehen.«

Einfache Zimmerleute, was? Das soll ich ihnen wohl abnehmen. Jaimes Gedanken rasten so schnell wie seine Füße auf dem Weg zurück zur Hütte. *Diese Leute holen sich alle möglichen Missionare hierher. Auf diese Weise können wir reden, mit wem wir wollen — wir kriegen immer wieder dieselbe Geschichte aufgetischt. Sie wollen uns sicher rumkriegen, Jesus in unser Herz zu lassen. Er kann sowieso nicht in unser Herz kommen. Unser Herz ist bloß eine Pumpe. Das hab' ich doch irgendwo gelesen. Er müßte in unseren Kopf einziehen. Aber diese Zimmerleute sind keine Missionare. Sie sind Filipinos, genau wie ich. Missionare kommen von woanders her. Aber sie benehmen sich wie . . .* Er stieß zu den anderen Jungen, die sich gerade unter »ihrem« Baum hinter der Hütte niedergelassen hatten.

»He, Jaime! Du hast wirklich was verpaßt.« Poi sprühte vor Begeisterung. »Du solltest den Drachen sehen, den wir basteln. Er ist groß und rot und blau und wird einen sooo langen Schwanz bekommen.« Beinahe wäre ihm das Neue Testament aus der Hand gerutscht, als er seine Arme zur Beschreibung weit von sich streckte.

Jaime kniff die Augen zusammen, und seine Lippe kräuselte sich verächtlich, als er an seine sinnvolle Arbeit dachte. Er riß sich aber noch rechtzeitig zusammen.

»Das ist prima, Poi. Ich kann mir vorstellen, daß ihr viel Spaß dabei habt.« Ihm entging Arts erleichterter Gesichtsausdruck nicht. *Hier hättest du fast einen Schnitzer gemacht, alter Junge,* dachte er. *Wenn du dir die Lektionen nicht merkst, wirst du dich noch in die Nesseln setzen.*

Nach dem Bibelstudium gingen sie schwimmen. Und nach dem Baden im Meer gab es Mittagessen. Hm, welch ein Essen! Dann wurde weiter in der Bibel gelesen. Danach lernten sie ein neues Spiel: Softball*! Jaime hatte schon darüber gelesen, aber in Tondo gab es nirgendwo genügend Platz, um dieses Spiel auszuüben. Die meisten Jungen hier hatten es auch noch nie gespielt; Jaime vergab sich also nichts dabei. Werfen konnte er gut, das hatte er beim Basketballspiel gelernt. Aber schwieriger war die Handhabung des Schlagholzes. Es verlangte einige Übung. Art spielte sehr gut, und bald hatte er die gesamte Gruppe, auch Ernies Hälfte, so weit, daß sie leidlich gut spielten, obwohl sie doch blutige Anfänger waren.

Während der nachmittäglichen Werkstunde ging Jaime zurück zu den Zimmerleuten. Diesmal lernte er etwas über Schwellen und Pfosten, als sie die Fenster und Türen rahmten. Wenn er nicht damit beschäftigt war, etwas herbeizuschaffen oder Bretter zu tragen, gaben ihm die Männer kleine Holzstücke, und er übte sich im Sägen. Sie waren strenge

* Die Regeln sind ähnlich wie bei Baseball. Das Softballfeld ist kleiner als das Baseballfeld, der Ball größer als der Baseball.

Lehrmeister. Er mußte genau an der Markierung entlang, glatt und gerade sägen. Holz kostete Geld, und man mußte sparsam damit umgehen. Ein Nagel konnte wieder geradegeschlagen und von neuem eingetrieben werden, aber wenn ein Brett krumm gesägt war, gab es kaum eine Möglichkeit, den Schaden zu beheben. Zuerst wollte die Säge nie senkrecht sägen, doch unter der fachmännischen Anleitung der beiden Männer verbesserte sich Jaime langsam.

»Nimm jetzt diese Holzstücke und bring sie zur Küche! Sie können als Brennholz verwendet werden. Du hast sie wunderbar kleingesägt, so daß man sie nicht mehr zerhacken muß.« Mister Mendieta kicherte.

Jaime hatte sich nicht getraut, die beiden Männer über den christlichen Glauben auszufragen. Er war sich nicht sicher, warum er so reagierte, aber daß »normale« Menschen auch Christen sein konnten — das brachte ihn doch ziemlich aus dem Gleichgewicht. Die Lektionen, die er lernte, waren ja nicht schlecht. Damit schien er hier Erfolg zu haben. Aber konnte er sie anwenden, ohne selbst dabei weich zu werden? Würde er zäh genug bleiben, um in Tondo durchhalten zu können? — Während des Basketballspiels, das sie am nächsten Tag spielten, kam er auf des Rätsels Lösung.

Basketball konnten sie alle spielen. Sie spielten es ja dauernd in Tondo. Einen Augenblick stellte sich Jaime vor, wie Rio das Spiel hier genossen hätte. Doch dieser Gedanke verblaßte sehr schnell hinter dem Erlebnis, auf einem vorschriftsmäßigen Feld zu spielen. Luis entpuppte sich ihm gegenüber als ebenbürtiger Spieler, und die beiden bildeten ein Team, das schwer zu schlagen war.

Nach einer halbstündigen Übungszeit begannen sie mit einem Spiel: Arts Gruppe gegen Ernies Gruppe. Jaime übernahm die Rolle des Mannschaftskapitäns, und keiner hatte etwas dagegen einzuwenden.

»Luis, du bist Center, weil du der Längste bist. Rudy, du und ich, wir sind Angreifer, Pat und Manual, ihr seid Abwehr. Poi, du bist beim Korb und versuchst, den Gegner am Wurf zu hindern. Auf, Leute!«

Mit Luis' geschickten Würfen und Jaime als Kapitän überflügelten sie die andere Mannschaft recht bald. Jaime legte sich anfangs mächtig ins Zeug. Doch nachdem er sich ein paar Fouls eingehandelt hatte, kämpfte er nicht mehr so hitzig und spielte etwas vorsichtiger. Sobald der Schiedsrichter hersah, beging er kein Foul und war die Höflichkeit in Person, wenn er einem Gegner auf die Beine half. Luis begriff, welche Absicht Jaime damit verfolgte, und bald machte er es ihm nach.

»War keine Absicht, mein Freund«, sagte er, wenn er einem Jungen aufhalf, den er selbst gerade hinter dem Rücken des Schiedsrichters »umgelegt« hatte. Der »Freund« warf ihm bloß einen giftigen Blick zu. Er wußte, daß er nichts dagegen tun konnte, denn der Schiedsrichter hatte es nicht mitbekommen. Bald wurde es der gegnerischen Mannschaft jedoch zu bunt, und sie schlug zurück. Jaime und Luis ließen sich durch nichts aus der Ruhe bringen. Sie spielten, was das Zeug hielt — immer hilfsbereit und höflich, so daß die gegnerische Mannschaft schlecht dastand. Je wütender die Gegner wurden, desto unvorsichtiger wurden sie bei ihren Vergeltungsschlägen, und Jaime und Luis sammelten viele Freiwürfe. Sie grinsten sich verschmitzt an, als die Punktzahl zu ihren Gunsten stieg. Jaime klopfte sich in Gedanken auf die Schulter. *Luis und ich sind wirklich zwei gerissene Kerle. Wir wissen, wie man sich die Regeln zunutze machen kann. Und das nenne ich clever. Ich werde nicht weich, sondern immer gescheiter. Ich werde die Lektionen, die ich hier lerne, genauso spielen, wie ich mich jetzt an die Spielregeln halte. Ha! Ich werde es ihnen zeigen!*

In seinem Hochgefühl stürmte er etwas zu hart auf den

Korb los und wurde ausgepfiffen. Luis runzelte die Stirn und warf ihm einen fragenden Blick zu. »'Tschuldige, mein Freund!« Jaime zuckte die Schultern. »Man kann nicht jeden Wurf gewinnen.«

Nach dem Spiel folgte eine kurze Erfrischungspause im Meer. Dann sammelten sie sich wieder an ihrem Platz hinter der Hütte im Schatten der Palme. Jaime saß etwas abseits neben Luis. Er lächelte seinen neuen Freund an. Luis lächelte zurück. Während Arts Bibelarbeit war Jaime mit seinen Gedanken weit weg in Manila. Er stellte lange Erwägungen darüber an, ob er sich mit Luis zusammenschließen sollte, wenn sie wieder in Tondo wären. Anstatt eines dummen Kumpels wie Rio würde ein kluger Kopf viel mehr Geld einbringen. Wenn Jaime dann die Lektionen anwandte, die er hier im Lager gelernt hatte, würde er Luis in seiner Hand haben, so daß dieser ihn nicht ausstechen könnte. *Er ist schlau genug, um sich den Vorteil einer vollen Partnerschaft klarzumachen gegenüber einer Chef/Untergebener-Stellung. Wir könnten ein paar andere Kerle anheuern und sie anführen. Wenn wir dann genug haben, daß ich aussteigen kann, hätte er eine richtige, funktionierende Bande und sicher nichts dagegen einzuwenden, wenn ich abhauen würde . . .*

8. Überwältigt

Am Abend sahen sie einen Film, und Mister Lito zeigte ihnen ein paar gute Taschenspielereien. Als er dann endlich zu reden begann, rutschten die Jungen voll Spannung auf die Kanten ihrer Bänke und hingen andächtig an seinen Lippen. Jaime und Luis saßen nebeneinander und freuten sich über ihre beginnende Freundschaft. Jaime hatte Luis noch nicht von seinem Partnerschaftsplan erzählt. Er hatte das Gefühl, daß die Zeit noch nicht reif dazu sei.

»Freund, wir beide, du und ich, kennen das Straßenleben wie unsere Hosentasche«, begann Mister Lito. »Ich hatte mich wie du auf den Mülltonnen-Einzelhandel spezialisiert. Wieviele Meilen hast du wohl zurückgelegt — auf der Flucht vor der Polizei? Ich habe es sicher auf hundert gebracht. Wie oft hast du wie auf glühenden Kohlen gesessen und dich gefragt, ob dein ›Kumpel‹ dich verpfeifen würde oder nicht? Oder wie oft hast du gerätselt, ob die Polizei deine Lüge schlucken und dich gehen lassen würde oder nicht? Davon braucht uns keiner etwas zu erzählen, nicht wahr? Diese Seite kennen wir gut.

Doch ich kenne auch die andere Seite, im Gegensatz zu dir! Ich sage dir: ehe du diese nicht ausprobierst, weißt du nicht, was gut ist. Jesus hat jedem, der ihm nachfolgen will, versprochen, ihn niemals im Stich zu lassen. Hat das je einer von sich gesagt, den du kennst, und wenn ja, stimmte es tatsächlich?

Denk doch nicht, daß ich dir Sand in die Augen streuen will. Du bist viel zu clever, um darauf reinzufallen. Du denkst ›Gut, ich laß' Jesus in mein Leben, höre auf mit Stehlen und Betrügen, und weißt du, was dann passiert, Lito? Ich verhungere bei lebendigem Leibe!‹ — Nein, mein Freund, Jesus wäre der letzte, der wollte, daß du verhungerst. Ich sagte schon, er möchte dir helfen. Wie, fragst du? Das kann ich nicht jedem einzelnen unter euch voraussagen. Mich hat er durch die Taschenspielkunst über Wasser gehalten. Raymond dort«, er deutete auf einen Gruppenleiter, »bekam einen Job als Jeepney-Fahrer. Juan da hinten begann zu trödeln — ich meine, er wurde Trödler — und kratzte genug Geld zusammen, um wieder die Schulbank zu drücken und Prediger zu werden. Ich kann dir nicht sagen, was sich für dich ergeben wird, doch eins weiß ich: Jesus wird dich nicht verhungern lassen.

Jetzt ist die Gelegenheit, mein Freund. Bekenne, daß du Jesus brauchst und bitte ihn, in dein Leben zu kommen und dort für immer zu bleiben! Jesus wird dich nicht loslassen . . .«

Nein danke, Freund Lito, jetzt nicht, dachte Jaime. *Jetzt habe ich was Besseres. Jetzt habe ich einen cleveren Typen als Freund, und wir werden Partner sein. Wir werden eine große Bande um uns sammeln und viel Geld machen.* Mit einem siegesgewissen Lächeln wandte er sich um zu Luis.

Doch mit sprachlosem Entsetzen mußte er zusehen, wie Luis' leuchtende Augen an Mister Lito hingen, wie er sich erhob und auf das Podium zusteuerte, um sich vor allen anderen zu Jesus zu bekennen.

Nein, nein, das darf doch nicht wahr sein! schrie es innerlich in Jaime. *Mach doch bloß das nicht! Es war doch so gut wie abgemacht! Ich hab' es mir so toll vorgestellt!* Er sackte bitter enttäuscht auf seinem Platz zusammen. *Das ist der Gipfel der Dummheit. Alle sind sie Idioten: Luis, Mister Lito, sogar Art. Alle total verrückt.*

Er fiel immer mehr in sich zusammen, als ihn die Wellen der Bitterkeit überspülten. Das altbekannte, dumpfe Schmerzgefühl stellte sich wieder ein, und er nährte und pflegte es sorgsam, bis es sich zu einer heißen Flamme entwikkelte. Dieses Gefühl war ihm in den letzten Tagen abhanden gekommen. Er hatte es gar nicht vermißt. Aber nun würde er es ihnen zeigen, er würde es ihnen geben! Nicht auszudenken, daß er beinahe auf den Kram reingefallen wäre, den sie einem hier auftischten! Den restlichen Abend verbrachte er damit, seine alten Träume aufzufrischen und alles, was um ihn her geschah, zu ignorieren.

Sie hatten fast die Hütte erreicht nach Beendigung der Versammlung, als Art die Hand auf Jaimes Schulter legen wollte. Wie üblich entzog sich Jaime seiner Berührung, aber Art sagte bestimmt: »Ich möchte kurz mit dir reden, Jaime«, und, den anderen zugewandt: »Geht schon in die Hütte. Ernie möchte euch ein paar Lieder beibringen.«

Kaum saßen sie auf einem Baumstamm, als Art fragte: »Also, Jaime, was ist los?«

»Was soll das heißen: ›Was ist los?‹«

»Das wirst du wohl am besten wissen. Etwas ist bei der Versammlung heute abend geschehen. Ich kenne dich gut genug, um mich nicht zu täuschen, und du kennst mich gut genug, um es mir zu erzählen.«

»Ich habe nicht vor, es zu tun.«

»Sei nicht so bockig! Heraus mit der Sprache!«

Jaime blickte Art mit fest zusammengebissenen Kiefern lange und durchdringend an. Dann stieß er hervor: »Art, du bist ja so dumm!«

»Ach, ja?«

»Jawohl! Ich hielt dich immer für ziemlich clever, aber ich habe meine Meinung ändern müssen. Jetzt finde ich dich blöd.«

»Warum?«

»Du weißt viel aus Büchern, du hast viele Schulen besucht, aber du kennst das Leben nicht. Vielleicht kennst du es auch und belügst mich, aber das glaube ich nicht einmal. Du behauptest, an den ganzen Unsinn zu glauben, den du uns hier vorsetzt. Wenn du wirklich daran glaubst, bist du meiner Ansicht nach dumm.«

»Sprich weiter!«

»Was soll das ewige Gerede über die Liebe? Immer, wenn es bei euch um Jesus geht, handelt es von Liebe. Mann, es ist ja nicht schlecht, so zu tun, als liebte man die Leute, aber an den ganzen Quatsch zu glauben und deshalb allen Leuten Gutes zu tun und zu wünschen, ist einfach idiotisch. Denn wenn man jemand den kleinen Finger gibt, nimmt er die ganze Hand. Man wird dabei nur ausgenutzt.«

»Tatsächlich?«

»Wie kannst du nur so dumm fragen, Art! Bei dir tickt es da oben einfach nicht richtig, das wird's sein!«

»Ich hab' dir ja schon einmal gesagt, daß Jesus mich beauftragt hat, zu den Leuten hinauszugehen und ihnen zu helfen, wie mir geholfen wurde. Und ich möchte dir helfen. Hat man dir hier im Lager denn nicht geholfen?«

»Ja, schon ... Aber ihr tut das nicht allein aus Liebe zu mir. Ihr wollt doch bloß damit angeben können, wie vielen Leuten ihr helft!«

»Das ist nicht wahr, Jaime. Wir tun es, weil Jesus uns so sehr liebt.«

»Aber natürlich, daß mir das nicht eher einfiel ...!«

Jaime merkte nicht, wie lächerlich er sich durch seinen Hochmut machte. »He, ich erzähl' dir was, dann werden wir ja sehen, wie sehr du mich liebst. Erinnerst du dich daran, daß du auf dem Quinta-Markt bestohlen wurdest? Tja, nun halt dich fest: Ich war der Typ, der es getan hat. Na, wieviel Liebe hast du jetzt noch für mich übrig?«

Ein verschmitztes Lächeln huschte über Arts Lippen. Langsam zog er etwas aus seiner Tasche.

»Ich hab' mich schon dauernd gefragt, wie ich dir das hier zurückgeben könnte. Ich glaube, jetzt ist die Gelegenheit dazu.« Und damit überreichte er Jaime das hölzerne Namensschild, das Jaime damals auf dem Markt verloren hatte. »Es war zerbrochen. Ich habe es so gut ich konnte zusammengeleimt.«

Jaime starrte Art mit halboffenem Mund an. Sein Atem ging immer hastiger, als ihm die Wahrheit dämmerte. »Du — du — hast mich tatsächlich lieb!« Seine Augen begannen zu brennen. »Nein!« schrie er aufschluchzend. »Nein!« Er sprang auf und rannte blindlings davon.

Seine Beine trugen ihn zur Baustelle. Atemlos ließ er sich auf einen Holzstoß fallen. Seine Gedanken purzelten wild durcheinander.

Er hat es die ganze Zeit gewußt! Er hätte mich einlochen lassen können. Aber er hat mir geholfen. Ich hätte den Knast verdient. Doch er verzeiht mir. Das ist einfach verrückt. Nein, das ist es nicht. Dann säße ich jetzt meine Zeit ab. Wieso liebt er ausgerechnet mich? Ich beklaute ihn, und er wußte es. Soll das Dummheit sein? Er kann mich doch nicht liebhaben! Wie sollte er auch? Er sagte, Jesus liebt mich durch ihn!

Er schaute zum nächtlichen Himmel empor, als könne er Gott dort entdecken, als wolle er herausfinden, ob es tatsächlich stimme. Die Sterne verschwammen vor seinen tränennassen Augen. Der niederschmetternde Gedanke traf ihn: *Ich, der Kerl, der sich für so außerordentlich gescheit hielt, ich bin derjenige, der wirklich dumm ist! Sie glauben tatsächlich an die Liebe Jesu und handeln danach.*

Er kniete im Sägemehl neben dem Holzstoß nieder. Beim Geruch des Holzes fiel ihm ein, daß Jesus ein Zimmermann gewesen war.

»Hallo Jesus«, betete er. »Art hat recht gehabt, nicht ich. Das gebe ich dir jetzt zu.« Dann gestand er das Schlimmste, was er sich vorstellen konnte: »Ich hab' mich so dumm benommen. Ich war einfach wirklich dumm, und ich bitte dich, in mein Herz zu kommen oder in meinen Kopf oder wohin du auch willst . . .« Er wußte, daß ihm vergeben war, und seine innere Spannung löste sich allmählich. Ihm war, als würde die Hand Christi auf seiner Schulter all den Schmerz und das Schlechte aus ihm herausziehen und ihn mit Frieden füllen. Er atmete tief durch. Der dicke Knoten der Wut hatte sich gelöst, und die reine Nachtluft füllte seine Lunge.

Er spürte eine wirkliche Hand auf seiner Schulter, und diesmal schüttelte er sie nicht ab. Er erkannte sie als ein aufrichtiges Zeichen der Liebe.

»Oh, Art!« Jaime lächelte und versuchte tapfer, aber vergeblich, seinen Tränenfluß zu bremsen. »Er hat m-mir vergeben, daß ich m-mich so dumm benommen hab'. N-nicht schlecht, w-was?«

»Oh, Jaime, er ist ein wunderbarer Gott.« Art kniete sich neben ihn, und sie lachten und weinten miteinander.

***

Die Neuigkeit verbreitete sich wie ein Lauffeuer im ganzen Lager. Man hätte meinen können, sie hätten eine Zeitung herausgebracht. Jeder schien zu wissen, daß Jaime Jorka Jesus Christus in sein Leben eingelassen hatte. Jaime schwebte wie auf Wolken, so glücklich war er. Aber Mister Torre brachte Jaime wieder auf den Boden der Wirklichkeit zurück.

»Jaime, was wirst du denn machen, wenn du wieder in Manila bist?«

»Machen? Ich werde den andern erzählen, wie gut Jesus ist. Was denn sonst?«

»Nein, nein. Ich meine, wie willst du denn deinen Lebensunterhalt verdienen? Ich habe gehört, daß du früher ein gerissener Dieb gewesen bist. Aber diese Zeiten sind ja jetzt vorbei. Was wirst du nun tun, wo du nicht mehr stiehlst?«

Jaime sah ihn verwirrt an. Daran hatte er überhaupt noch nicht gedacht.

»Wir fragten uns«, sagte Mister Mendieta, »ob du nicht vielleicht lernen könntest, Schuhe zu putzen?«

»Ich denke schon. Aber ich habe doch gar keine Schuhputzkiste und was man sonst dazu braucht.«

»Dann sieh dir doch mal die vielen Holzabfälle an, die hier herumliegen.« Mister Torres Blinzeln verriet, daß ihm diese Idee nicht erst jetzt gekommen war. »Ich wette, daß wir aus all dem Zeug eine Schuhputzkiste zimmern könnten. Besonders, wenn der junge Bruder, der sie herstellen wird, auf seine älteren Geschwister hört und das Holz so zurechtsägt und zusammennagelt, wie sie es ihm zeigen.«

»Klar, das werde ich!« Jaime machte vor Begeisterung einen Luftsprung.

»He, Pedro«, sagte Mister Torre zu seinem Kollegen, »hast du schon gemerkt, wie unser junger Hilfszimmermann heute strahlt? Kannst du es dir erklären?«

»Hm, man könnte glauben, er sei verliebt!«

»Bin ich auch«, erklärte Jaime treuherzig. »Seit ich weiß, daß Jesus mich liebt, bin ich so froh wie noch nie.« Sie stimmten in sein fröhliches Lachen ein. »Nun habe ich viel vor.« Jaime wurde ernst. »Ich habe mich so lange schlecht betragen; jetzt muß ich Jesus zeigen, daß ich auch gut sein kann. Ich muß ihm zeigen, daß ich es wirklich ernst meine, bevor ich irgend etwas von ihm erwarten kann.«

Die beiden Männer tauschten einen Blick aus. Mister Mendieta ergriff zuerst das Wort: »Ich glaube, du sprichst besser erst mal mit Art darüber, bevor du es versuchst. Du brauchst Jesus nichts zu beweisen — er weiß es doch. Er ist bereit, dir sofort zu helfen. Er ist immer bei dir. Auch jetzt, in diesem Augenblick. Vielleicht kann Art dir besser erklären, wie Jesus das bewerkstelligt. Ich weiß nur eins: Jesus hilft dir, auch wenn du nichts aufzuweisen hast.

Wo wir von Hilfe sprechen . . . wir sollten dir jetzt helfen, deine Putzkiste zusammenzubauen, sonst werden wir nie damit fertig.«

Mister Torre zog einen Entwurf aus seiner Tasche. »Ich habe hier — rein zufällig natürlich — einen Entwurf für eine Schuhputzkiste bei mir. Es wird ein bißchen schwieriger sein, als Bretter für eine Wand zu sägen. Einige Winkel müssen haargenau ausgesägt werden. Dies hier«, er zeigte ihm ein L-förmiges Metallstück, das auf der einen Seite ungefähr 60 cm lang war, ». . . ist ein Winkelmaß. Damit kannst du diese Winkel anreißen . . .«

Die Arbeit war tatsächlich schwieriger, aber Mister Torre war ein geduldiger und genauer Lehrmeister, und bald hatten sie eine recht ansehnliche Schuhputzkiste mit Trageriemen fertiggestellt. Sie hatten sogar einen Rest Farbe entdeckt, und Jaime malte stolz das Fischzeichen auf die Kiste, wie er es auf Arts Portemonnaie gesehen hatte.

»Hier ist etwas braune Schuhcreme, aber du brauchst mindestens noch eine Bürste, einen Lappen, etwas schwarze und weiße Creme, bevor du dich an die Arbeit machen kannst.« Mister Mendieta bewunderte das vollendete Werk.

»Ich habe zu Hause noch etwas Geld versteckt — aber halt, das muß ich ja Art zurückgeben.« Jaime lernte, was »Wiedergutmachung« hieß. »Ich brauche nur ein wenig, um anfangen zu können, danach kann ich die Schuhcreme kaufen . . .«

Als das Lager zu Ende ging, war Jaime komplett ausgerüstet. Evelyn hatte ihm weiße Schuhcreme geschenkt. Art gab ihm etwas schwarze. Ein Lappen ließ sich leicht auftreiben, ja sogar eine alte, aber noch brauchbare Schuhbürste. Jaime hatte sogar Gelegenheit, sich mehrmals an Arts Schuhen zu üben.

»Oh, Mann! Ob ich Jesus jemals zeigen kann, was ein anständiger Kerl ist? Kein Kämpfen mehr, kein Stehlen mehr, kein Fluchen mehr, keine schlechten Gedanken mehr — nicht mal über meine Eltern — oder meine Schwestern! Oh, Art! Ich möchte so anständig sein, daß Jesus mich für immer als Arbeiter in seinem Reich anstellt.« Jaimes Begeisterung drückte sich in den wildesten Versprechungen aus.

»Augenblick, Jaime. Hör mir mal eine Minute gut zu! Du brauchst Jesus gar nicht zu beweisen, wie gut du bist. Er weiß es! Schließlich hat er selbst dich doch verändert. Du mußt darauf achten, daß du von ihm abhängig bleibst, damit er dir

zeigen kann, was er von dir erwartet. Versuch es gar nicht erst, etwas aus eigener Kraft heraus schaffen zu wollen. Es wird dir nämlich nicht gelingen.«

»Und ob ich es schaffen werde!« Die gleiche Bestimmtheit, die Jaime trieb, aus Tondo herauszukommen, richtete sich nun darauf, wie er Jesus »beweisen könne«, was er alles für ihn zu tun im Stande sei. Art versuchte ihm klarzumachen, daß er es nur mit der Kraft könne, die Jesus ihm geben wolle, doch er predigte tauben Ohren.

»Jesus braucht Leute, die für ihn arbeiten, stimmt's?« wandte Jaime ein. »Deshalb will ich ein guter Kerl sein, damit er mich in seiner Arbeit gebrauchen kann, ist doch logisch?«

»Aber er sucht jemand, der gehorsam ist — der tut, was *er* möchte.«

»Stimmt. Und was er möchte, sind ordentliche Leute. Deshalb werde ich anständig sein.«

»Aber der Herr hat . . . also gut, Jaime. Tu, was du nicht lassen kannst! Aber denk dran, daß der Heilige Geist in dir ist, und er wird dir helfen, Jesus immer besser kennenzulernen. Wir werden ihm Zeit geben, in dir — oder an dir — zu arbeiten, und dann kannst du in einem Missionsteam oder irgendwo anders mitarbeiten, einverstanden?«

»Abgemacht, Art.« lachte Jaime. Er freute sich über die Gemeinschaft, die er jetzt mit Art und den anderen hatte.

»Wir werden uns bald zusammentun, warte nur!«

Als der Bus wieder in Manila angekommen war, eilte eins der jüngsten Kinder der Familie Gottes glücklich und zuversichtlich dem Dreck und dem Barackendschungel entgegen, den es sein Zuhause nannte.

9. Die Probe

»Her damit!«

Jaimes katzenhafte Reflexbewegung rettete ihn. Der Schlag ging neben seiner Schulter ins Leere, und sein Vater stolperte an ihm vorbei, von der Wucht seines Hiebes aus dem Gleichgewicht gebracht.

»Wo hast du dich herumgetrieben? Wo hast du die Putzkiste gestohlen? Her damit!«

Jaime gelang es mühelos, sich außer Reichweite des taumelnden Betrunkenen zu halten, der ihn zu packen suchte. Zum ersten Mal stieg in ihm Mitleid statt Wut auf. Er nahm das Gekicher der Menge kaum zur Kenntnis, die sich um sie herum versammelt hatte, um das Spektakel zu beobachten. »Papa, so hör doch, Papa! Wenn du mir die Kiste wegnimmst und sie verkaufst, bekommst du nur eine Flasche. Aber wenn ich sie behalte, kann ich Geld verdienen und dir viel davon nach Hause bringen.«

»Geld, Geld! Woher hast du das Geld gehabt? Untersteh dich, noch einmal vor mir Geld zu verstecken, hörst du!«

»Was soll das heißen? — Nein, das ist doch nicht wahr!« Jaime drehte sich um und lief nach Hause, ohne sich um die Flüche und das Geschrei seines Vaters zu kümmern.

»Jaime, du Nichtsnutz! Wo hast du die ganze Zeit über gesteckt? Du hast uns eine Woche lang im Stich gelassen, du Lump! Woher sollten wir uns Geld beschaffen? Du faules Stück!« Mutters Fluchen verfolgte ihn, als er um die Baracke raste und in seinen Anbau schlüpfte.

»Woher hast du die Putzkiste? Wo warst du? Wir brauchen Geld!« Das Gekreisch seiner Mutter ließ Jaime völlig kalt, als er in seinem zerstörten Anbau kniete. Die Matratze war völlig zerfetzt, einige Bretter waren losgeschlagen, und dort, wo er das Geld versteckt hatte, befand sich jetzt ein gähnendes Loch. Einen Moment lang wollte die alte Wut in ihm aufkochen. »Nein, Jesus, ich will nicht wütend werden. Ich will nicht! Sie haben das Geld gebraucht, aber ich wette, Papa hat es für sich einkassiert. Dieser Taugenichts . . . Nein, Jesus, ich will nicht böse werden. Ich will es einfach nicht!«

Die Mutter riß wild am Trageriemen der Kiste und zog Jaime rückwärts aus dem Anbau.

»Was hast du hier?« Sie durchwühlte die Sachen, die sich in der Kiste befanden. »Wir werden das Zeug verkaufen, dann haben wir etwas Geld.«

»Nein, Mama, nein! Ich brauche es, um Schuhe putzen und viel Geld verdienen zu können.« Er entriß ihr die Sachen und rappelte sich auf. Es nützte nichts, er mußte fliehen.

»Wo hast du dich herumgetrieben? Woher hast du diese Kiste? Wenn du sie gestohlen hast, kannst du sie ebensogut verkaufen und Geld heimbringen!«

»Nein, Mama. — Ich war in ei . . . in einem Lag . . .« er wußte, daß sie ihn nicht verstehen würde. »Ich war an einem Ort, wo ich gelernt habe, wie man Schuhe putzt. Ich hab' dort auch noch vieles andere gelernt. Stell dir mal vor . . .«

Während er sprach, ging er langsam rückwärts. Das Gesicht der Mutter war wutverzerrt, als sie ihn zu erwischen suchte. Jaime erkannte, daß dies nicht der richtige Augenblick für irgendwelche Erklärungen war. Er drehte sich um und rannte davon.

Ein paar Straßenecken weiter blieb er stehen, als er sich in Sicherheit wußte. Er sah zum Himmel auf und betete: »Jesus, das war doch keine richtige Lüge? Ich hab' dort auch gelernt, wie man Schuhe putzt. Aber vor allem danke ich dir, daß ich dich dort kennenlernen durfte. Du wirst sehen, du brauchst dich nicht für mich zu schämen. Sie hatten recht, als sie sagten, daß es Schwierigkeiten geben würde, wenn wir wieder daheim wären.« Er kicherte trocken. »Innerhalb der zehn Minuten, die ich zurück bin, wurde ich von Papa geschlagen, mußte ich feststellen, daß sie mein Geld gestohlen haben und mich von Mama ausschimpfen lassen. Fehlen nur noch meine Schwestern — wo sie wohl stecken? Egal, Jesus, ich hab' im Moment nicht das Bedürfnis, sie zu sehen.« Durch das kurze Gebet ermuntert, sah er sich um. *Nun, ich werde mich jetzt am besten an die Arbeit machen und ein paar Schuhe putzen. Ich werde zum Quinta-Markt gehen — dort hat ja alles angefangen!*

Er hielt nach Rio Ausschau, als er an dessen »Wohnkiste« vorbeikam, doch der Vogel war ausgeflogen. Auf dem Markt war es so wie immer: viel Gedränge, Hitze und Gestank. Er ging umher und suchte sich den bestmöglichen Standpunkt aus, an dem er seine neue Laufbahn beginnen wollte. In der Fleisch- und Fischabteilung gab jedoch kaum jemand den Anschein, als wolle er seine Schuhe putzen lassen. Die Kunden waren fast ausschließlich Frauen, die kauften, was sie brauchten und dann zusahen, daß sie so schnell wie möglich aus dem Gestank herauskamen. Die Gemüse- und Obstabteilung schien Jaime kaum einträglicher zu sein. Die Leute dort hatten es nicht mehr ganz so eilig, aber die meisten Käufer waren auch da Frauen. In der Eisenwaren-, Bekleidungs- und Raritätenabteilung sah er dagegen viel mehr Männer und sogar einige Touristen. Dummerweise gab es hier auch mehr Schuhputzjungen.

»Blanke Schuhe, mein Herr, blanke Schuhe?« rief er, indem er die anderen Jungen nachahmte. »Blanke Schuhe gefällig, mein Herr?« Die anderen bekamen Arbeit, so nahm er an, daß er auch mal an die Reihe käme.

»Hier, Junge!« Ein Mann winkte ihn herbei.

Jaime rannte los, doch bevor er den Mann erreichen konnte, sprang ihm ein anderer Junge einfach in den Weg und holte sich den Job. Jaime wollte dem Jungen einen Tritt versetzen, aber da fiel ihm Jesus noch rechtzeitig ein. »Schon gut, schon gut, Jesus. Ich werde es lassen. Diesmal wenigstens — nein, ein für allemal. Aber ich — aber — ich werde dir beweisen, wie anständig ich bin.«

Als ihm das nächste Mal ein Mann ein Zeichen gab, ließ Jaime nicht auf sich warten. Er schoß auf ihn zu und drehte sich halb um. Dabei traf seine Putzkiste »versehentlich« den anderen Jungen, der in gleicher Absicht losrannte, und setzte ihn außer Gefecht. *Ich sagte Jesus, daß ich anständig sein wolle,* dachte Jaime, *und das war doch ziemlich anständig, daß ich den Kerl auf diese Weise aus dem Weg geschafft habe!*

»Sie werden erstklassig bedient werden, mein Herr.« Er lächelte zu seinem ersten Kunden hoch. Der Mann maß ihn mit finsterem Blick. »Doch, mein Herr, erstklassige Arbeit.« Er holte seine schäbige Bürste hervor und bürstete den Schuh so gut es ging. An der einen Seite klebte etwas Dreck. Jaime mußte ihn mit dem Fingernagel wegkratzen. *Ich brauche eine kleine, harte Bürste,* dachte er, *und vielleicht etwas flüssige Politur für solche Dinge.* Plötzlich bemerkte er, daß die Schuhe von dunklem Rotbraun waren, und er hatte nur eine hellbraune Schuhcreme. *Ich hoffe, er merkt es nicht,* dachte Jaime. Weit gefehlt.

»He, Junge, wieso schmierst du helle Schuhcreme auf meine dunklen Schuhe?«

»Oh, das ist sehr gute Schuhcreme — hervorragende. Warten Sie nur ab.«

»Ich weiß nicht recht . . .« Der Mann blickte noch finsterer drein.

Jaime verrieb die Creme mit seinen Fingern. Er versuchte, sie so gleichmäßig wie möglich zu verteilen. Dann polierte er das Leder mit seinem Lappen. Er war völlig überzeugt davon, gute Arbeit zu leisten.

»He, Junge, willst du eigentlich den ganzen Tag an meinen Schuhen herumpolieren?«

»Ich will Sie erstklassig bedienen — beste Arbeit.« *Rede einfach drauflos, was dir gerade einfällt, Hauptsache, du kriegst das Geld.*

Jaime hatte gerade den zweiten Schuh fertigpoliert, als der Mann nach ihm trat. »Du nichtsnutziger Gauner! Schau, was du angestellt hast! Du hast meine Socke beschmutzt!« Der Mann wies auf den ersten Fuß, den Jaime »behandelt« hatte. »Bilde dir ja nicht ein, daß du etwas für diese Dreckarbeit bekommst!« Der Mann stieß Jaimes Kiste um und ging mit langen Schritten laut auflachend davon. Jaime sammelte seine Sachen ein und wollte aufstehen. Dann sank er auf die Knie zurück. Er war völlig niedergeschmettert.

»Was ist denn los, Freund, weißt du nicht, wie man Schuhe putzt?«

Der Junge, den er mit seiner Kiste beiseite gestoßen hatte, lachte.

»Vielleicht verkaufst du Fische in deiner Fischkiste?«

»Stinkt deine Kiste so sehr, daß er dich nicht bezahlen wollte?« stichelten die anderen Schuhputzer. Sie wollten ihn auf die Palme bringen, doch Jaime saß still da. Er blickte starr vor sich hin. Sein Atem raste, am liebsten hätte er vor Wut um sich geschlagen. Die Jungen umringten ihn, er sah sie durchdringend an. Als die Jungen seinen Blick spürten, hielten sie ihren Mund und zogen sich ein wenig von ihm zurück. »Jesus . . .« betete er, »Jesus, sieh dir das an, Jesus! Ich werde dir beweisen, dir wirklich beweisen, daß ich mich gut betragen kann. Aber mußt du es mir unbedingt so schwer machen? Mußt du mich wirklich gleich am ersten Tag in den Staub treten? — 'Tschuldige, Jesus. Das war nicht nett, was ich da eben über dich sagte. Du bist der Chef. Du kannst mit mir machen, was du willst. Und ich werde es dir trotzdem beweisen.«

Er schaute wieder die Jungen an. »Euch werde ich es auch zeigen«, war alles, was er sagte. Er lächelte, stand auf und machte sich von neuem an die Arbeit.

»Blanke Schuhe gefällig, mein Herr?«

Als es Spätnachmittag war, hatte er mehrere Paar Schuhe putzen können. Er hatte nicht schlecht verdient, mußte sich aber eine neue Bürste kaufen, als die alte sämtliche Borsten verlor. Dann kaufte er noch dunkelbraune Schuhcreme. Wenn das so weiterging, würde er nicht viel nach Hause bringen.

Er überlegte gerade, wie lange er noch arbeiten müßte, als eine bekannte Stimme sagte: »Da schau her! Er ist vom Militärlager zurückgekommen und hat gelernt, wie man Schuhe putzt!«

»Rio! He, alter Freund!« Jaime sprang vor Freude auf, als er seinen Freund sah. »Es war kein Militärlager, sie haben uns dort von Jesus erzählt! Er ist einfach klasse! Du mußt ihn unbedingt kennenlernen! Und wir haben auf einem richtigen Basketballfeld gespielt. Und Jesus wird dir helfen, genau wie er mir geholfen hat. Hör zu, ich sag' dir . . .«

Die Wörter sprudelten nur so hervor. Jaime beachtete die anderen Jungen nicht, die Rio begleiteten, bis er seinen Arm um seinen alten Freund legen wollte.

»Finger weg! Beruhige dich!« Rio sprang zurück zwischen seine beiden Kumpel. Alle drei blickten Jaime finster an. »Du haust ab und läßt mich einfach sitzen. Dann kommst du zurück und glaubst, ich sei immer noch dein Freund. Nein danke. Das war einmal. Jetzt habe ich andere Freunde.«

Er zeigte auf die bei ihm stehenden Jungen. Sie fixierten Jaime mit hämischem Grinsen.

»Nun, ich — ich — das ist doch prima! Dann sollt ihr drei von Jesus hören. Er wird alles zurechtbringen.«

»Schluß! Merk dir ein für allemal, du Heiliger: uns kannst

du nicht mit diesem Gewäsch kommen. Du hast selbst gesagt: ›Wie sollte uns Jesus helfen? Wird er einen großen Wagen vorfahren und unter uns Geld verteilen?‹« Rio lachte über seinen vermeintlichen Witz. Die beiden anderen Jungen stimmten ein, obwohl sie nicht recht wußten, was daran so lustig sein sollte. »Wir haben mit unserer Zeit etwas Besseres anzufangen, als einem lächerlichen Jesusprediger zuzuhören.« Rio konnte seine Nase gar nicht hoch genug tragen, als er fortging. Er war überzeugt davon, daß Jaime sich nicht an ihm rächen würde, solange seine beiden Freunde zur Unterstützung bei ihm waren.

Mit euch dreien würde ich spielend fertigwerden, dachte Jaime. Plötzlich bemerkte er, daß er seine Bürste wie eine Waffe umklammerte. »Tut mir leid, Jesus«, betete er. »So etwas sollte ich nicht denken, auch wenn wir beide wissen, daß es stimmt. Aber irgendwann werde ich ihnen schon noch mehr von dir erzählen. Wenn ich es nicht tue — wer dann? Du wirst es sehen!«

Es war schon dunkel, als er endlich zu Hause eintraf. Er hatte keine Ahnung, wie man ihn dort empfangen würde. Er hatte nur noch achtundsechzig Centavos übrig und das ungute Gefühl, daß Mutter damit nicht zufrieden sein würde. Sie würde ihm niemals glauben, daß es alles war, was er hatte, nachdem sie sein verstecktes Geld gefunden hatten. Um auf Nummer Sicher zu gehen, versteckte er seine Schuhputzkiste ein paar Hütten weiter in einem Busch. Er hielt das Geld in der Hand und stieß die Tür auf.

»Hier ist das Geld, das ich heute verdient habe.« Er legte es vor seiner Mutter auf den Tisch.

»Gib das ganze Geld her!« Die Mutter sprang energisch vom Tisch auf. Die glasigen Augen seines Vaters, der wieder einmal getrunken hatte, waren starr auf ihn gerichtet.

»Das ist alles, was ich habe. Ich mußte eine Bürste kaufen.

Morgen werde ich euch mehr bringen.«

»Rück den Rest raus!«

»Das ist alles!«

»Verlogener Lump! Du steckst dir natürlich wie üblich den Rest ein!«

»Nein, Mama, diesmal hab' ich es nicht getan, ehrlich!«

»Schwein! Gib mir den Rest oder verschwinde!«

»Aber Mama . . .«

»Verschwinde! Du nichtsnutziger Lügner, hau ab!«

»Ja . . . hau ab! Raus mit dir, hörst du!« Sein Vater taumelte auf die Beine, ergriff eine leere Flasche, die vor ihm stand, beim Hals und schwang sie wie einen Knüppel in Richtung Jaime.

Jaime sah zu, daß er wegkam.

Er holte die Putzkiste aus dem Versteck und überlegte, was er tun sollte, während er die Straße hinunterging.

Er konnte nicht mehr zu Rio hinübergehen, das stand fest. Wenn er aber unter freiem Himmel schlief, würde ihn die Polizei auflesen. Außerdem müßte er aufpassen, daß ihm keiner seine Schuhputzkiste klaute.

In einem Seitengäßchen auf der anderen Straßenseite entdeckte er einige Kartons, die dort aufgestapelt waren. Vielleicht konnte er sich einen davon holen und auf der Pappe schlafen. Er überquerte die Straße, doch ein Wachhund, der quer über die Gasse angekettet war, vereitelte seinen Plan. Schließlich fand er einige Zeitungen. Er breitete sie sorgfältig am Boden vor einer Hauswand aus. Dann legte er sich darauf, drückte seine Putzkiste an sich, zog so gut es ging einige Papierbogen über sich und schlief ein. Er träumte abwechselnd von Abendveranstaltungen, Gruppenleitern und runden Bäuchen.

10. Der Entschluß

Der Boden war hart, und Jaime taten alle Knochen weh, als er am nächsten Morgen erwachte. Er zog seine Kiste an sich und stützte sich darauf, während er beobachtete, wie sich der Himmel von Minute zu Minute erhellte. Er schob sich an der Hauswand hoch und holte sein Neues Testament aus dem Beutel. »Stille Zeit« hatte Art es genannt. Eine Zeit, in der man sich innerlich sammele, um allein mit Gott zu sein und zu horchen, was er einem sagen wolle. Als er das Buch zuschlug, stand die Sonne voll am Himmel, und der Tag hatte einen guten Anfang genommen.

Jaime erinnerte sich an Lektion eins: Sei sauber! Er suchte nach einem Wasserhahn und wusch und schrubbte sich so gut er konnte. Er erreichte zwar nicht den Sauberkeitsgrad von Camp Ilaw, doch er fühlte sich schon viel besser danach.

Es ist merkwürdig, wie schnell man sich an etwas gewöhnen kann. Vor allem an gutes Essen. Ein ausgiebiges Frühstück wie im Lager wäre jetzt genau das richtige!

»Tja, Jesus, ich glaube, das kann ich mir aus dem Kopf schlagen. Aber wie du willst. Ich werde mich wohl an die Arbeit machen müssen, wenn ich heute zu Moneten kommen will.«

Er verstaute sein Neues Testament, schlang den Riemen seiner Putzkiste um die Schulter und steuerte auf den Quinta-Markt zu.

Gegen Mittag hatte er so ungefähr den Dreh heraus. Touristen und Geschäftsmänner waren die dicksten Fische, und der Markt war ein guter Angelplatz dafür. Es gab dort eine

Menge anderer Schuhputzjungen, und der Konkurrenzkampf war manchmal hart. Doch Jaime schlug sich gut durch. Manchmal fragten ihn die Leute, was das Zeichen an der Seite seiner Kiste bedeuten solle, und dann nützte er die Gelegenheit und erzählte ihnen von Jesus. Die meisten hörten ihm unbeeindruckt zu. Sie fragten, bekamen eine Antwort, und damit hatte es sich. Er wünschte sich, besser erklären zu können, worum es bei Jesus ging. Er wünschte, er könnte irgendwie weiterlernen. Der Gedanke, deswegen Art aufzusuchen, kam ihm nicht.

Es war um die Mittagszeit, als ein weiterer Kunde ihn nach der Bedeutung des Fischzeichens auf seiner Kiste fragte.

»Oh«, sagte Jaime, »das Zeichen haben die Christen.«

»Hm, und was hast du für Moslems? Einen Halbmond?«

»Ich weiß über Moslems nicht viel. Ich weiß nur, daß Jesus mein Retter ist, und dieses Zeichen zeigt es den Leuten.«

»Wie denn?«

»Nun, es ist das Zeichen für Jesus. Es sind — ähm, äh — Griechisch! Ja, griechische Buchstaben. Es sind die Anfangsbuchstaben der Wörter ›Jesus Christus, Gottes Sohn, Erlöser‹, und das ist er auch alles.«

»Wer?«

»Jesus. Er ist der Retter. Er rettet auch Sie.«

»Wovon?«

»Von all den schlechten und dummen Sachen, die Sie tun und dafür bestraft werden sollten und nicht in den Himmel kommen dürfen . . . und an ihn zu glauben ist die beste Sache, die es gibt.«

Der Mann lachte über den Sturzbach, der aus Jaimes Mund sprudelte. Es war ein freundliches, humorvolles Lachen. »Ich hätte nie gedacht, daß einer von euch Straßenjungen an Jesus glauben könnte. Schau her, mein Junge!« Der Mann beugte sich zu ihm herab und zeigte Jaime eine Anstecknadel mit den

Umrissen eines silbernen Fisches, die vorn an seinem Hemd angebracht war. Jaime hatte zuvor noch keine solche Nadel gesehen.

»Was bedeutet das?«

»Oh, das Zeichen haben die Christen.« ahmte er Jaime nach.

»He! Das finde ich aber prima!« Jaime grinste von einem Ohr zum anderen. »Das muß ich mir jetzt merken und bei anderen Leuten danach Ausschau halten. Ich bin nämlich erst seit ein paar Tagen Christ und kenne mich noch nicht so gut aus.« Er bürstete die Schuhe auf Hochglanz und sagte: »Das macht fünfzig Centavos.«

»Fünfzig Centavos. Das läßt sich hören für ein Paar blanke Schuhe und eine Predigt.« Der Mann zog eine kleine Münzbörse hervor und begann, das Geld abzuzählen. Da bemerkte Jaime aus dem Augenwinkel, wie sich etwas bewegte. »Stop!« brüllte er. Er sprang auf und warf sich Rio, der im Vorbeirennen die Geldbörse an sich reißen wollte, mit einem Hüftstoß in den Weg. Durch Jaimes Schrei gewarnt, wich der Mann einem zweiten Jungen aus und hielt seine Börse fest.

»Pack ihn! Halt ihn fest! Er hat versucht, mich zu bestehlen!«

Jaime sah jedoch tatenlos zu, wie Rio sich wieder aufrappelte. Er warf Jaime einen wütenden, haßerfüllten Blick zu und nahm die Beine unter den Arm. Jaime fühlte, wie ihm die Augen brannten, während er Rio nachblickte. *Rio macht mich so traurig, daß mir die Tränen kommen,* dachte er. *Ich bin überhaupt der einzige, der bekümmert ist wegen Rio. Keiner, nur ich allein . . . oh, Rio!* rief er innerlich aus. *Es gibt was Besseres, was viel Besseres!*

»Warum hast du ihn nicht geschnappt, Junge? Du hättest es mit Leichtigkeit tun können. Er wollte mich bestehlen!«

Jaime schüttelte langsam den Kopf. »Nein, das konnte ich

einfach nicht. Er war einmal mein Freund.«

»Ich nehme an, du willst dafür belohnt werden, daß du die beiden ausgeschaltet hast.« Der Mann war sichtlich ungehalten.

»Oh, nein! Nur die fünfzig Centavos.« Jaime sah ihn mit großen Augen an.

»Hm. Vielleicht bist du tatsächlich ein Christ.« Er gab ihm sechzig Centavos und ging weiter.

»He, Junge, du hast vielleicht Schneid!« Ein anderer Schuhputzjunge hatte die Szene miterlebt. »Er wird totsicher wiederkommen und dir's heimzahlen, mach dich drauf gefaßt! Diese Typen können gemein sein.«

»Aber nicht Rio. Er war mal mein Freund. Er wird nicht auf mich losgehen. Ich bin erstaunt, daß er versuchte, meinen Kunden auszunehmen. Ich dachte, ich hätte ihm was Besseres beigebracht.«

»Na gut, wie du meinst. Aber halt dir den Rücken frei!«

»Keine Bange.« Jaime wunderte sich, wieso er so bestürzt war über Rios Absicht. Er hob seine Putzkiste auf, ging zu einem Brotstand und kaufte sich zwei »pandesals«. Dann verließ er die Markthalle, um in Ruhe essen und nachdenken zu können. Er setzte sich, mit dem Rücken an eine Mauer gelehnt, und schaute über den Pasig-Fluß. Kauend zog er das Stoffsäckchen mit seiner Habe aus der Kiste und holte das Neue Testament heraus.

»Jesus«, betete er, »sie haben uns erzählt, daß alles, was man wissen muß, hier drin steht. Vielleicht zeigst du mir jetzt, was ich brauche. Es bedrückt mich, daß Rio versucht hat, mich in einen Diebstahl hineinzuziehen. Habe ich mich so sehr verändert? Hast du mir hier in deinem Buch was zu sagen?« Jaime hatte es sich noch nicht angewöhnt, am Schluß »Amen« zu sagen. Er redete mit Jesus wie mit einem väterlichen Freund.

Während er in seinem Neuen Testament blätterte, erinnerte er sich daran, daß irgendwo am Anfang des Buches etwas darüber stand, wie Jesus den Leuten zeigte, wie man zu handeln hatte. Da war die Stelle auch schon! Die Gute Nachricht nach Matthäus, Kapitel fünf. Er las die Verse mit einem regelrechten Heißhunger.

»Freuen dürft ihr euch, wenn man euch beschimpft und verfolgt und euch zu Unrecht alles Schlechte nachsagt, weil ihr zu mir gehört.«, las er in Vers elf und zwölf. »Freut euch und jubelt, denn Gott wird euch reich belohnen. So hat man die Propheten vor euch auch schon behandelt.«

»Danke, Jesus. Aber ich bin im Moment gar nicht so scharf auf meine spätere Belohnung. Was ich wirklich möchte ist, jetzt schon so zu leben, wie es dir gefällt.« Er las Vers vierundvierzig: »Ich aber sage euch: Liebt eure Feinde und betet für die, die euch verfolgen.«

Wie immer hatte das Wort Gottes eine beruhigende Wirkung auf ihn. Die Sonne stand hoch am Himmel, es war die heißeste Stunde des Tages. Das Geschäft auf dem Markt ging nur schleppend. So entschloß er sich, nach Hause zu gehen und herauszufinden, was Mutter heute sagen würde. Er hatte zwei Pesos zehn in der Tasche von seiner morgendlichen Arbeit. Vielleicht würde sich ihre Stimmung dadurch bessern.

Er war etwa auf halbem Weg nach Hause, als er wilde Rufe einiger Jungen hörte. Sie waren ungefähr in Höhe der nächsten Querstraße. Er sah genau hin und erkannte Rio mit vier Kumpeln. Sie drohten mit den Fäusten und kamen ihm entgegen. Rio war drauf und dran, sich an ihm zu rächen!

»Jesus, du sagst, wir sollen unsere Feinde lieben und für sie beten. Wenn ich nicht kämpfen will, werden mich diese fünf Kerle umbringen. Ich kann nur noch abhauen!« Er stürzte sich in die Flucht. Er hätte sie leicht abschütteln können, doch da erkannte er, daß die Schuhputzkiste ihn zu sehr behinderte.

Schweren Herzens mußte er feststellen, daß seine Kiste so gut wie verloren war. Wenn er sie weiter mitschleppte, würde sich sein Vorsprung so sehr verringern, daß die Jungen ihn einholen würden. Sie würden ihn verprügeln und ihm die Kiste sowieso abnehmen. Wenn er jedoch die Kiste zurücklassen würde, könnte er wenigstens entkommen. Er war am Boden zerstört.

»Jesus«, stieß er im Laufen hervor. »Hilf mir. Ich schaffe es nicht!« Er kletterte eine weitere Sprosse auf der geistlichen Leiter empor. »Ich brauche dich! Ich schaffe es nicht allein!«

Er bog um eine Ecke — ausgerechnet dort, wo sich die kleine Gasse mit dem quer über die Einfahrt angeketteten Wachhund befand! Ohne zu überlegen sprang Jaime mit einem Satz über die Hundekette und kauerte sich hinter den Stapel Pappkartons. Der Hund rührte sich nicht vom Fleck.

Als die Jungen nach ihm um die Ecke bogen, sprang der Hund auf die Beine und zog knurrend und bellend an der Kette.

»Hier ist er nicht!« brüllte Rio.

»Wo denn sonst?«

»Vielleicht in dem Haus dort! Über den Zaun!«

»Schaut ihr beiden dort nach! Ich gehe um die nächste Ekke.« Die Jungen trennten sich, verärgert, daß sie Jaimes Spur verloren hatten. Der Hund bewachte weiterhin die Seitengasse. Er knurrte wütend, wenn sich einer zu nahe an ihn heranwagte. Als die Jungen verschwanden, legte er sich wieder in seiner unbeteiligten Stellung nieder. Er war aber sofort auf den Beinen, als Rio und ein Freund erneut um die Ecke bogen.

Rio hob einen Stein und zielte auf den Hund.

»Halt's Maul, du Kläffer! Wir kommen nicht in deine drekkige Gasse!«

Jaime wartete, bis sein Herz nicht mehr so wild klopfte und

er sich etwas beruhigt hatte. Wie sollte er nun heil davonkommen? »Jesus«, betete er, »ich brauche schon wieder deine Hilfe. Ich muß hier doch raus. Der Hund da sieht aus, als würde er schlafen. Doch wir beide wissen natürlich, daß das täuscht. Was sollen wir jetzt tun?« Nach einer Weile meinte er: »Okay, ich werde jetzt aufstehen und weggehen. Ich zähle auf dich.«

Er bewegte sich ein wenig, schob ein paar Kartons umher, damit der Hund durch das Geräusch auf ihn aufmerksam würde. Doch dieser spitzte nicht einmal die Ohren.

Langsam stand Jaime auf. Immer noch keine Bewegung. Er schob sich an dem Hund vorbei, so weit von ihm entfernt wie nur irgend möglich. Der Hund hielt es nicht einmal für nötig hochzuschauen. Kurz darauf stand Jaime auch schon auf der Straße, außerhalb der Seitengasse.

Diesmal sank er auf die Knie und betete aus tiefstem Herzen: »Danke, Jesus. Danke. Ich war ja wieder mal so dumm! Ich habe nicht auf Art gehört, als er mir sagte, daß du nicht nur ein Freund bist, sondern auch Gott. Nun weiß ich, was er damit meinte: du hättest die Kraft und die Macht zu helfen. Ich war einfach dumm, als ich versuchte, dir zu beweisen, was für ein toller Kerl ich bin. Ich hätte warten und dir Gelegenheit geben sollen, mir zu zeigen, wie wunderbar du bist. Oh, Jesus, mein Freund, ich bin so froh, daß ich das jetzt kapiert habe. Du hast mir gezeigt, daß du dich um mich kümmerst, wenn ich dich nur machen lasse.« Ein veränderter Jaime stand auf. Er sah noch einmal zum Himmel. »Nun weiß ich, was ich zu tun habe.« Er schlang den Riemen der Kiste um seine Schulter und hielt nach Rio Ausschau.

Er traf ihn mit zwei Freunden bei seiner Lattenkiste an. Sie sprangen alle auf, als sie ihn herankommen sahen. Sie waren sich nicht sicher, wie ihre Chancen bei nur drei gegen einen standen. Jaime hatte einen guten Ruf als Draufgänger.

»Nur keine Panik, Leute«, lächelte Jaime. »Ich habe nicht vor, mich mit euch zu prügeln. Das fände Jesus sicher nicht gut. Hier, da habt ihr die Schuhputzkiste.« Er nahm sie von der Schulter und holte seinen Stoffsack heraus. »Ich finde, ihr solltet lernen, wie man Schuhe putzt. Das ist besser als Stehlen. — Mann, ihr seid doch zu dritt! Da könnte einer die Kunden an Land ziehen, einer die Schuhe putzen und du, Rio, könntest das Geld einsammeln. Das nennt man Arbeitsteilung.«

»Wie kommst du auf diese Idee?« Rio hatte sich zuerst von seinem Schreck erholt.

Jaime sah ihm gerade in die Augen und lächelte.

»Ich glaube, daß Jesus es von mir erwartet. Ich komme später wieder und erzähle euch mehr über ihn.« Er wandte sich um und schlenderte gemächlich davon.

Die Jungen schauten ihm sprachlos nach. Einer sah runter zur Kiste, hob sie auf und schüttelte den Inhalt heraus.

Rio schaute immer noch in die Richtung, in der Jaime verschwunden war. Ein Lächeln spielte um seinen Mund. »He! Hör auf damit!« brüllte er den Jungen an. »Vielleicht werden wir das Ding doch noch benutzen!«

Jaime machte sich auf den Weg zur Missionszentrale in Quezon City. Er wollte mit Art über die jüngsten Entwicklungen sprechen. Selbst wenn Art nicht da sein sollte — irgendein Christ würde sicher bereit sein, mit ihm zu reden. Er war überrascht, wie sehr er es vermißte, mit einem Gesinnungsgenossen über Jesus reden zu können.

Der Weg zur Zentrale war lang — beinahe fünf Kilometer. Als Jaime auf dem Quezon-Boulevard angelangt war, war er wirklich versucht, sich hinten an einen Jeepney oder Lastwagen zu hängen und schwarz weiterzufahren, wie er es so oft getan hatte. Aber nein, das würde Jesus sicher nicht gefallen!

»Jesus, ich will dir ja gar nicht mehr zeigen, wie toll ich bin, aber ich sollte mich so benehmen, wie du es gern siehst, nicht?« Während er vorwärtsging, grübelte er über diese und andere Fragen nach. Er mußte noch so viel lernen! Er hatte so viele Fragen, die er Art stellen wollte. *Ich wette, daß ich bis ans Lebensende lernen muß, und dann werde ich trotzdem noch nicht alles wissen.* Er lachte bei dem Gedanken, im Himmel den Unterricht zu besuchen. Er stellte sich lange Bankreihen vor zwischen den Wolken und einen Engel als Lehrer. Nein, die Engel würden vielleicht Lehrgehilfen, und Jesus würde der Lehrer sein. Anderseits wäre Jesus viel zu beschäftigt, um sich als Lehrer zu betätigen. Schließlich kam er zu der Überzeugung, daß wohl der Heilige Geist lehren würde. Ihm fiel ein, daß es irgendwo einen Bibelvers darüber gab. Er betete: »Jesus, ich weiß nicht, wie es mal im Himmel sein wird, und im Augenblick kümmert mich das auch nicht. Hauptsache, ich weiß, daß du mich hier auf der Erde nie im Stich lassen wirst. Und das hast du versprochen. Danke.« Frohgemut erreichte er die Zentralstelle.

»Hallo!« grüßte er, als er seinen Kopf zur Bürotür hineinsteckte. »Ist Art da?«

»Ja, er ist da.« antwortete eine der Sekretärinnen. »Er wird gleich aus seinem Büro kommen. Er hat gerade eine Besprechung mit zwei Herren. Ich heiße Corazon, und du?«

»Jaime Jorka.«

»Oh, ja. Du warst gerade im Lager und bist ein ganz junger Christ, stimmt's oder hab' ich recht?«

»Woher weißt du denn das?« wunderte sich Jaime.

Corazon tippte sich an die Stirn. »Ich weiß eine ganze Menge!«

»Tatsächlich?« Jaime war verblüfft.

»Klar! Eine gute Sekretärin weiß alles, was ihr Chef weiß.

Außerdem habe ich gerade eine Liste geschrieben, auf der auch dein Name vorkommt.« Ihr helles Lachen verscheuchte die aufkommende Abneigung bei Jaime, der sich auf den Arm genommen fühlte. »Wir möchten euch Burschen nicht aus den Augen verlieren. Wir haben nicht vor, euch allein zu lassen, wo ihr doch jetzt zur Familie gehört.«

»Familie? Welche Familie?«

»Gottes Familie!« dröhnte Arts Stimme von der Bürotür her. Er ging mit großen Schritten auf Jaime zu und umarmte ihn. Ein warmer Strom durchflutete Jaime und er lachte über das ungewohnte Gefühl der Liebe. Dann sah er vor seinem geistigen Augen seinen eigenen Vater, und sein Lächeln erstarb.

»Ich habe gestern nach dir Ausschau gehalten«, sagte Art. »Wir möchten eine Bibelgruppe anfangen. Aber deine Mutter sagte, du würdest nicht mehr daheim wohnen. Was ist passiert?«

»Oh, Mann!« Jaime lachte wieder. »Hast du viel Zeit übrig? Es ist eine lange Geschichte.«

»Wir haben Zeit.«

Jaimes Geschichte begann an der Stelle, als er aus dem Bus gestiegen war. Dann berichtete er, wie man ihn aus dem Haus geworfen und wie er gelernt hatte, Schuhe zu putzen. Er erzählte von dem versuchten Diebstahl, von Rios Racheakt, von dem Vorfall mit dem Hund und daß er seine Schuhputzkiste verschenkt hatte. »Siehst du«, endete er, »ich lerne jetzt, was du mir zu erklären versuchtest. Ich muß von Jesus abhängig sein und brauche ihm nicht zu zeigen, was für ein toller Kerl ich doch bin. Er möchte mich gebrauchen — so, wie ich bin. Hier ist ein Peso. Jetzt schulde ich dir noch dreihundertvier.«

Corazon konnte ihre Freudentränen nicht unterdrücken. »Jaime, Jungen wie du bestätigen uns, daß unsere Arbeit sich lohnt. Doch sag mal, was hast du denn jetzt vor?«

»Ich weiß es nicht. Aber mein Freund Jesus wird sich schon um mich kümmern.«

»Ja.« Art sah recht nachdenklich aus. Jaimes Glaube war noch so jung, und Art sorgte sich um ihn. In Manila gab es nicht viele Arbeitsstellen für Jungen wie Jaime, und er mußte doch von etwas leben!

»Augenblick mal! Ich frage mich, ob ...« Art steckte seinen Kopf in sein Büro. »He, schaut mal, wer hier draußen steht!« rief er hinein.

Mister Mendieta und Mister Torre traten heraus.

»Sieh mal, unser kleiner Nagelverbieger!« rief Mister Torre. »Jaime! Schön, dich zu sehen.« Mister Mendieta schüttelte und drückte ihm herzlich die Hand. »Wie kommen du und Jesus miteinander aus, hm?«

»Prima, prima. Dauernd passiert etwas Neues.« Alles lachte über seine vielsagende Antwort.

»Wir haben die beiden Männer gerade mit einem neuen Projekt beauftragt, das wir planen«, erklärte Art. »Es soll eine Schule werden, in der junge Leute wie du das Zimmerhandwerk, die Automechanik, Reparatur von Uhren und so weiter lernen können. Jedenfalls hoffen wir, diesen Plan verwirklichen zu können.« Die Ungewißheit der Missionsfinanzen lastete schwer auf Art. »Wir haben hier in Greenhills ein Gebäude und wollen Klassenräume und so weiter einbauen lassen. Diese Männer hier sind startbereit. Ich frage mich eben, ob ...«

Die beiden Männer sahen sich vielsagend an. Mister Torre zuckte die Achseln. »Warum nicht? Wir können einen Dritten gut gebrauchen.«

»Jaime, hättest du Lust, wieder für uns zu arbeiten?« fragte Mister Mendieta.

»Sie meinen wie im Lager, als Sie mir alles beibrachten?«

»Wir bringen dir das Zimmerhandwerk bei, damit du helfen kannst, ein Haus zu bauen, in dem man das Zimmerhandwerk erlernen kann.« antwortete Mister Torre. — »So ungefähr, nur diesmal gegen Lohn.« Mister Mendieta nahm die Sache ernster.

»Sie wollen mir Geld geben?«

»Ja, ein wenig. Viel können wir dir nicht zahlen.«

»Stimmt. Wir sind ziemlich preisgünstige Zimmerleute«, warf Mister Torre ein.

»Wie fändest du acht Pesos pro Tag? Würdest du dafür arbeiten?« Dieser Betrag lag unter dem Mindestlohn.

»Acht Pesos jeden einzelnen Tag?« Jaime leckte sich die Lippen beim Gedanken an so viel Geld.

»Und mittags gibt es was zu essen.« Mister Mendieta zog die Augenbraue hoch, als Mister Torre dieses Angebot machte. »Meine Frau wird es uns kochen. Es kostet nur ein paar Centavos mehr.«

»Tondo ist so weit entfernt von Greenhills — vielleicht können wir für werktags einen Unterschlupf für dich finden.« Corazon wollte auch helfen.

»Nein!«

»Das heißt, du willst die Arbeit nicht?«

»Nein — das heißt — ja. Nein, ich möchte die Arbeit. Ja, ich will aber nicht in Greenhills wohnen. — Das stimmt immer noch nicht, was?«

Jaimes Gehirn lief auf Hochtouren, als er alle Möglichkeiten überdachte. Die anderen warteten gespannt auf seine Antwort.

»Was ich sagen will ist, daß ich die Arbeitsstelle gern annehme. Vielen Dank dafür. Werde ich morgen schon anfangen können?« Die beiden Männer bejahten mit einem Kopfnicken. »Aber abends werde ich heimgehen. So groß ist die Entfernung nicht. Vielleicht nimmt mich auch ein Bekannter für einen Teil des Weges in seinem Jeepney mit, und die restliche Strecke kostet mich vielleicht dreißig Centavos. Wer würde meiner Familie erzählen, was für ein guter Freund Jesus ist, wenn ich nicht heimginge? Wenn andere Leute ihnen davon erzählen, läßt sie das kalt. Aber wenn ich nach Hause komme und eine Arbeit vorweisen kann, bin ich ein gemachter Mann. Dann werden sie mir zuhören.«

»Aber dies ist doch die Gelegenheit, aus Tondo herauszukommen. Du kannst an den Wochenenden heimgehen.«

»Ich bin doch schon draußen aus Tondo. In meinem Kopf bin ich raus aus Tondo und drin bei Jesus. Verstehst du, was ich meine, Art?«

Art grinste über das ganze Gesicht. »Ja, Jaime, ich weiß genau, was du damit sagen willst.«

»Dann verstehst du auch, warum ich sage, daß mein Freund Jesus sich um mich kümmert.« Jaime lachte vor Vergnügen bei dem Gedanken.

»Ob mir Jesus durch Art Randal weiterhilft oder ob er einen bissigen Hund so sanft wie ein Lamm sein läßt — Jesus sorgt für mich!« Er zog seine Shorts hoch, die ihm von der schlanken Taille zu rutschen drohten, und steuerte auf die Tür zu. »Mal sehen, was als Nächstes passiert. Macht's gut, alle miteinander, tschüs bis morgen!«